René Freund

Das Vierzehn-Tage-Date

Roman

Paul Zsolnay Verlag

Mit freundlicher Unterstützung der Kulturabteilung
des Landes Oberösterreich.

1. Auflage 2021

ISBN 978-3-552-07234-3
© 2021 Paul Zsolnay Verlag Ges. m. b. H., Wien
Textnachweis: *Heart And Soul*; M&T: Frank Loesser, Hoagy Carmichael;
© Sony ATV Harmony; Mit freundlicher Genehmigung der Sony Music
Publishing (Germany) GmbH
Satz: Nele Steinborn, Wien
Autorenfoto: © Thom Trauner/Zsolnay Verlag
Umschlag: Anzinger und Rasp, München
Illustration: © Lukas Millinger
Druck und Bindung: CPI books GmbH, Leck
Printed in Germany

MIX
Papier aus verantwortungs-
vollen Quellen
FSC
www.fsc.org
FSC° C083411

Das
Vierzehn-Tage-
Date

Tag 0:
Tinder

Wenn David gewusst hätte, dass sein Auraspray nichts, aber auch gar nichts gegen die Geister auszurichten vermochte, die in nächster Zeit seine Wohnung und sein Leben heimsuchen würden: Er hätte sich die Prozedur erspart. »Pfff, pfff« macht es beim Sprühen, einmal über das Sofa, einmal über die Essecke, einmal im Schlafzimmer und einmal rund um ihn selbst, das kann nicht schaden, »pfff, pfff«.

Eigentlich glaubt David nicht an die angeblich alles Böse fernhaltende Kraft des *Erzengel-Michael-Energie-Transformations-Sprays*. Aber immerhin, böse Gerüche weichen dem Duft von Lavendel und Sandelholz. Auch schon etwas. Und außerdem: Man kann ja nie wissen. Düfte haben einen Einfluss auf Stimmungen und Gefühle, das ist wissenschaftlich erwiesen. Lavendel beruhigt, das wird ihm die Nervosität nehmen, und Sandelholz wirkt aphrodisierend, das wird ihre Stimmung günstig beeinflussen. »Pfff, pfff.«

David sieht auf sein Handy. Sonntag, 15. März 2020, 19.23 Uhr. Sieben Uhr war abgemacht. Er geht auf seinen kleinen Balkon und schaut auf die Straße hinunter. Es dämmert schon, und von ihr ist noch immer nichts zu sehen. Aufgefallen wäre sie ihm sicher: Die Straßen sind menschenleer. Hier, im Ausgehviertel der Bobos und Hipster, findet um diese Zeit üblicherweise der allabendliche Kampf um die raren Parkplätze statt. Jetzt hört David aus dem nahen Park Vogelgezwitscher. Das hat es um diese Zeit noch nie gegeben. Jedenfalls hat David es noch nie gehört.

Er geht ins Wohnzimmer zurück und spielt ein paar Akkorde auf dem Klavier. Wahrscheinlich wird sie nicht kommen, denkt er, und wahrscheinlich ist das auch besser so. Irgendetwas Seltsames liegt in der Luft, wogegen das *Erzengel-Michael-Energie-Transformations-Spray* wahrscheinlich auch nicht helfen wird. Die Regierung hat Maßnahmen angekündigt, aber nur, weil etwas angekündigt wird, von dem niemand etwas Genaues weiß, muss man ja nicht unbedingt ein Date verschieben, das man geplant hat, als alles noch halbwegs normal war.

David sieht auf sein Telefon. 19.35 Uhr. Keine Nachricht von ihr. Er checkt seinen Tinder-Account, vielleicht hat er etwas übersehen. Nichts. Gegen acht schreibt er: »Hallo Corinna, kommst du noch?«

Wenn Corinna gewusst hätte, dass sie bald Zeit, unermesslich viel Zeit haben würde: Sie hätte sich nicht so beeilt. Aber seit einigen Monaten kämpft sie gegen ihr notorisches Zuspätkommen an, vielleicht, weil sie zunehmend das Gefühl hat, insgesamt eine Zuspätkommende zu werden. Im Leben. Immerhin ist ihr dreißigster Geburtstag jetzt schon zwei Jahre her. Dreißig mag man jung finden, aber für Corinna ist dieser runde Geburtstag ein so schlimmer Einschnitt gewesen, dass sie sich fragt, wie es möglich ist, einen Vierziger oder Fünfziger zu überleben.

Jetzt ist sie mit den klobigen Schuhen und der Bluse vom Flohmarkt viel schlampiger gekleidet, als sie es vorgehabt hatte, und außerdem nicht geschminkt, wobei sie ohnehin nicht der Typ ist, der in voller Kriegsbemalung zu einem Date geht. Aber zumindest die Augen hätte sie ein bisschen betonen können. Und die Haare waschen! Ihr Date ist immerhin drei Jahre jünger als sie, jedenfalls, wenn er bei seinem Alter nicht geschummelt hat.

Schuld an der Verspätung ist ihre Mutter, die sie in ein Gespräch verwickelt hat, wie immer, wenn Corinna es eilig hat. Dass eine totale Ausgangssperre kommen werde, hat ihre Mutter gesagt, das wisse sie von einer Freundin, deren Freund im Ministerium arbeitet, sie solle nicht mehr weggehen, und überhaupt kenne sie diesen Typen ja nicht, und bla, bla, bla.

Und natürlich hat Corinna dann den Bus versäumt, der nur jede halbe Stunde fährt, und natürlich hat sie beim Warten auf den nächsten Bus den Tag verflucht, als sie wieder in das Häuschen ihrer Mutter in dieser Kleingartensiedlung am Ende der Welt eingezogen ist. Es sollte ja nur für ein paar Wochen sein, bis sie eine leistbare Wohnung oder einen Platz in einer netten WG finden würde, aber mittlerweile dauert dieses anstrengende Provisorium schon über ein halbes Jahr, und daran wiederum war dieser Scheißkerl schuld, in dessen Wohnung sie damals unmöglich hätte bleiben können. Besonders anstrengend wird das Provisorium dadurch, dass ihre Mutter nicht etwa eine ängstliche, schwächliche Rentnerin ist oder der gemütliche Großmuttertyp. Sie ist einundfünfzig Jahre alt und steht als Mitarbeiterin der Kinder- und Jugendhilfe voll im Berufsleben. Nicht nur ihr an jedem Wochentag um 5.50 Uhr läutender Wecker, sondern auch ihre Vitalität und Betriebsamkeit erinnern Corinna täglich an ihr nutzloses, schmarotzerhaftes Dasein.

Corinna läuft der Straßenbahn nach. Vergeblich. Auch hier muss sie auf die nächste warten. Soll sie schreiben, dass sie sich verspätet? Oder ist das uncool? Soll sie einfach wieder umdrehen, weil ihre Mutter vielleicht doch recht hat? Das wiederum hieße, den ganzen Abend lang deren apokalyptische Vorträge anzuhören, und darauf hat sie erst recht keine Lust. Auf ein Date allerdings auch nicht. So richtig angefreundet hat sich Corinna mit dieser verwirrend riesigen Partnerschaftssuchmaschine noch nicht, aber immerhin, die Grundregeln von Tinder hat sie begriffen. »Das ist tinderleicht«, hat ihre Freundin Sophie behauptet, und an ihrem heutigen Unglück ist ganz allein sie schuld, denn Sophie hat sie gedrängt, ja geradezu genötigt, dem Chatten und virtuellen Flirten endlich einmal Taten folgen zu lassen, denn schließlich sei Corinna zweiunddreißig Jahre alt und so weiter. Die hat leicht reden, die kann sich ganz unbeschwert auf Tinder umsehen, seit sie verheiratet ist und zwei Kinder hat!

Ein paar hundert Meter noch, ein Blick aufs Handy, ob die Adresse stimmt. Eine Nachricht. 20.08 Uhr: »Hallo Corinna, kommst du noch?«

Antworten? Nicht antworten? Corinna spürt den Schweiß auf der Stirn und dass ihre Wangen rot werden, sie sieht dann aus wie eine Schülerin im Turnunterricht nach dem Zirkeltraining, schrecklich jung, schrecklich gesund und schrecklich uninteressant.

Interessant, denkt David, als es an der Tür läutet. Er hat gerade sein Ralph-Lauren-Hemd ausgezogen und das Haus-T-Shirt an, und jetzt kommt sie doch. Egal. Er springt vom Klavierhocker. »Pfff, pfff.« Ein Blick in den Spiegel verrät ihm, dass er auch in dem enganliegenden T-Shirt ziemlich gut aussieht. »Pfff, pfff.« Er öffnet die Wohnungstür.

Wie ein Wirbelwind kommt ihm Corinna entgegen und läuft geradewegs an ihm vorbei, als hätte sie vor, eine Hausdurchsuchung zu machen.

»Hier riecht es seltsam«, sagt sie.

»Hallo«, sagt David.

»Nach alten Leuten.«

»Danke. Aber bei meinem Alter habe ich nicht geschummelt.«

»Ach ja? Und bei was hast du schon geschummelt?«

»Ich habe gar nicht geschummelt!«

David weiß nicht, wie es innerhalb von Sekunden passieren konnte, dass er das Gefühl hat, sich rechtfertigen zu müssen. Er mustert Corinna. Ihre Haare sind so schön und wild wie auf ihrem Profilbild. Hipster-Typ. Ungeschminkt. Vintage-Bluse, wahrscheinlich vom Flohmarkt. Die klobigen Schuhe passen nicht wirklich zu ihr, könnten aber auf eine gewisse Bodenständigkeit hindeuten. Keine Tussi. Jedenfalls äußerlich betrachtet.

Corinna zeigt auf das Klavier: »Also zumindest bei einem hast du nicht gelogen. Du bist tatsächlich Musiker. Du spielst Klavier.«

»Nun ja …«

»Hier hat doch wer Klavier gespielt? Ich bin doch nicht verrückt oder was.«

»Ach, das ist nur …«

»Nur was?«, will Corinna wissen.

»Ein Hobby«, antwortet David. Er hat absolut keine Lust, jetzt sein ganzes Leben vor ihr auszubreiten.

»Also ist das jetzt ein Hobby, oder bist du Musiker?«

»Na ja.«

»Kunst kennt kein Na ja. Also was? Bist du Musiker mit Herz und Seele und Leidenschaft und alles?«

Solche Fragen, findet David, sollte man erst bei Kerzenschein zu fortgeschrittener Stunde stellen, und nicht anstelle der Begrüßung. Er startet noch einen Versuch.

»Hallo. Ich bin …«

»Oder ist es nur ein *Hobby? Hobby, Hobby, Hobby* … das ist ein schreckliches Wort. *Hobby, Hobby* … und es wird immer schlimmer, je öfter man es sagt, merkst du das?«

»Ich bin David.«

Er nähert sich ihr unsicher und weiß nicht, wie er sie begrüßen soll. Sie küsst ihn links, rechts, links auf die Wangen. Er riecht nach Lavendel und ein bisschen nach Weichspüler, findet sie. David bleibt etwas ratlos stehen.

»Begrüßungsküsschen, das macht man doch, wenn man sich datet? Nicht?«, fragt Corinna. Und sich selbst fragt sie, warum sie immer etwas falsch machen muss und warum sie sich nicht wie ein normaler Mensch benehmen kann, wenn sie unsicher ist.

David hebt zaghaft seine breiten Schultern: »Nun ja, in Zeiten wie diesen, ich weiß nicht …«

Corinna hält sich ehrlich erschrocken die Hand vor den Mund. »Oh mein Gott, das hatte ich vergessen. Scheiße! Ich hoffe, du bist mir nicht böse.«

»Nein, ich …«

»Hatte ich ehrlich vergessen. Ich hab' einfach nicht dran gedacht.«

»Es ist ja auch schon drei Tage her, dass wir … das hier abgemacht haben«, sagt David beschwichtigend. »Weil wir geahnt haben, dass sie alles dichtmachen.«

»Vor drei Tagen …«, sinniert Corinna.

»Vor drei Tagen war alles noch anders«, sagt David.

»Meinst du, es wird etwas passieren?«, fragt Corinna.

»Keine Ahnung«, antwortet David und sieht durch die Balkontür auf die Straße hinunter. »Aber da draußen sieht es gespenstisch aus.«

»Ich weiß. Ich hab' gerade die ganze Stadt durchquert, um hierherzukommen. Entschuldige übrigens die kleine Verspätung.«

Immerhin, denkt David, sie kann auch normal sein. »Klein« fand er die Verspätung zwar nicht, aber gut, sie hat sich entschuldigt. Corinna setzt ihr unschuldiges Lächeln auf und überlegt, ob sie bleiben soll. Oder doch gleich wieder heimfahren? Aber was spricht dagegen, den Abend mit ihm zu verbringen? Er sieht gut aus, er ist nett, wenngleich ein bisschen zu muskulös für ihren Geschmack. Warum hat sie schon wieder Fluchttendenzen? Sie sollte sich einfach ein bisschen entspannen!

»Darf ich hier rauchen?«, fragt sie.

»Nein«, antwortet David.

»Hab' ich mir gedacht.«

»Möchtest du ... ich hab' nicht viel hier ... aber ... möchtest du ...«, stammelt er.

»Bietest du mir jetzt ein Glas Wasser an oder was?«, fragt Corinna.

»Bier hätte ich auch.«

»Okay.«

»Alkoholfreies.«

»Dann lieber Wasser.«

Corinna sieht beim Fenster hinaus. Bier schmeckt ihr eigentlich selten, und in der alkoholfreien Variante mag sie es noch weniger, vor allem, weil es nicht einmal seinen Zweck erfüllt. Gin Tonic wäre ihr eigentlich am liebsten gewesen.

David kommt mit zwei Gläsern, einer Karaffe Wasser und einer halben Flasche Wodka zurück. Er reicht Corinna ein Glas.

»Ich hab' Wodka gefunden«, sagt er.

»Dann nehm' ich den.«

David schenkt sich Wasser und Corinna Wodka ein. Sie nimmt einen Schluck, spürt die Wärme im Magen und weiß: Gleich wird sie wunderbar entspannt und souverän sein. Sie wird jetzt einfach den Mund halten und David die Gesprächsführung überlassen. Als hätte er ihre Gedanken gelesen, räuspert sich David und fragt:»Und … machst du das öfter?«

Corinna lacht auf.»Nein, David, sorry, das geht nicht. Lass dir bitte eine andere Eröffnungsfrage einfallen. Irgendwas! Bayern oder 1860, Austria oder Rapid, gerührt oder geschüttelt, Barolo oder Bordeaux, von vorne oder von hinten, aber nicht: Machst du das öfter?!«

»Also bei mir ist es erst das dritte Mal, und ich …«

»Erst das dritte Mal!«, ruft Corinna aus.»Süß!«

»Ehrlich«, sagt David und spürt, dass er errötet. Und die Hitze auf seinen Wangen wird durch Corinnas nächste Bemerkung nicht unbedingt besser.

»Das mit dem Sex wird nichts werden«, sagt sie, »*in Zeiten wie diesen*. Aber was willst du dann? Warum treffen wir uns überhaupt?«

»Wir könnten einander kennenlernen«, antwortet David.

»Ich glaube, du willst mich gar nicht kennenlernen«, gibt Corinna zurück.

»Tatsächlich machst du es einem nicht leicht, das zu wollen«, sagt David und ist ein bisschen stolz auf seine schlagfertige Antwort.

Corinna lacht, trinkt ihren Wodka aus, schenkt sich selbst nach und sagt:»Das war immerhin ehrlich, das mag ich.«

»Was hat dir gefallen an mir? An meinem Profil?«, will David wissen, denn er findet, eine andere Sorte Mann würde eigentlich besser zu Corinna passen, eher ein Typ mit Bart und Sandalen und so.»Warum wolltest du mich kennenlernen?«

»Ich fand's cool, dass sich einer David19 nennt«, antwortet sie und schenkt sich noch einen klitzekleinen Schluck nach. »Ich meine, *in Zeiten wie diesen,* das ist nicht schlecht, David19.«

»Eigentlich ist es gar nicht so cool«, sagt David19.

»Sowas hab' ich schon befürchtet.«

»Ich wollte mich David91 nennen, nach meinem Geburtsjahr, aber das war nicht mehr frei, also hab' ich David19 genommen. Das war aber *vor den Zeiten wie diesen.*«

Corinna trinkt ihr Glas aus und sieht David an.

»Wieso ist einer wie du nicht verheiratet und hat zwei Kinder?«

»Ist das nicht ein bisschen viel verlangt? Ich bin neunundzwanzig! Außerdem: Wie ist einer wie ich?«, fragt David zurück.

Corinna überlegt, ob sie ihm eine Antwort geben soll. Aber sie kann ihm ja schlecht zu Beginn des Abends sagen, dass er gut aussieht und halbwegs witzig ist, der Einrichtung seiner Wohnung nach zu schließen gut verdient und außerdem einen süßen Hintern hat, es also nur gute Gründe gäbe, einen wie ihn zu heiraten. Deshalb sagt sie nur: »Und jetzt?«

David überlegt kurz, entscheidet sich dann aber wieder für die ehrliche Variante. Immerhin scheint Corinna nicht nur beim Austeilen, sondern auch beim Einstecken ganz gut zu sein.

Er räuspert sich kurz und sagt: »Du hast das sicher auch schon mal gelesen: Wenn sich zwei Menschen begegnen, wissen sie nach fünf Sekunden, ob das etwas wird mit ihnen oder nicht.«

Corinna nickt. »Kenn ich, ja. Wobei ich glaube, die fünf Sekunden sind großzügig bemessen. Es sind eher drei Sekunden.« Mehr wird sie aber jetzt nicht sagen. Das soll er machen.

»Nun ja, jedenfalls glaube ich …«, fängt David an und räuspert sich wieder.

»Könntest du vielleicht endlich mal einen Satz zu Ende reden?«

»Na ja …« David hebt die Schultern.

Corinna sieht ihm direkt in die Augen: »Sag es.«

»Nun ja … das wird wohl nichts mit uns.«

Corinna lacht, so sehr ist David die Erleichterung darüber anzusehen, dass er es endlich über die Lippen gebracht hat. Nun gut, besser eine schnelle Pleite als eine, mit der man sein halbes Leben verschwendet, denkt Corinna. Vielleicht hat Sophie noch Zeit auf ein Glas Wein oder Elsa, die kann sie auf dem Heimweg anrufen.

»Danke für das Wasser«, sagt Corinna und wendet sich zur Tür. »War echt toll. Ich werd' dann wohl mal …«

Irgendetwas in ihrer Stimme rührt David. Er ist zwar beim optischen Erkennen nicht besonders gut, im Lesen der Körpersprache ein Analphabet, aber er kann Stimmungen gut an Stimmlagen erkennen. Und da hat er jetzt etwas gehört … etwas Verletztes? Und das tut ihm leid, oder es würde ihm leidtun, wenn es denn so wäre, und außerdem fängt er mit dem angebrochenen Abend ohnehin nicht mehr viel an.

»Jetzt, wo das klar ist, könnten wir uns einfach einen entspannten Abend machen, was meinst du?«, fragt David.

»Ja«, antwortet Corinna. »Und zwar jeder für sich. Das ist *in Zeiten wie diesen* ohnehin vernünftiger. Außerdem habe ich Hunger. Wahnsinnigen Hunger.«

»Ich habe auch Hunger«, meint David. »Bestellen wir was im Cavallino.«

»Du meinst, wir essen eine Pizza miteinander?« Ganz unkompliziert will Corinna jetzt auch nicht sein.

»Warum nicht?«, fragt David arglos.

»Ja, warum nicht. Hast du Rotwein?«

David räuspert sich wieder: »Äh … nein.«

»Weißwein?«

»Auch nicht. Aber wir können was bestellen. Was immer du willst. Cavallino liefert auch Wein.«

»Tatsächlich?« Sollte Corinna gleich mit allem herausrücken? Ach, wer weiß, vielleicht sollte sie das lieber für sich behalten.

David geht zu seinem Computer, tippt etwas ein, liest vor: »Lieferung nach Hause, gratis ab einem Bestellwert von 25 Euro. Das schaffen wir doch. Was möchtest du trinken? Chianti?«

»Nimm den Bardolino, der kostet die Hälfte und macht auch betrunken.«

»Du kennst dich aber gut aus. Und zum Essen? Teilen wir uns eine große?«

»Sollte reichen.«

»Ich würde die Vegetariana nehmen«, sagt David.

»Ach du meine Güte«, gibt Corinna zurück.

»Wieso sagst du das?«

»Dachte ich mir schon, dass du so einer bist.«

»So einer?«, fragt David nach und ärgert sich leise darüber, dass Corinna so eine ist, die schnell mit Vorurteilen da zu sein scheint, ohne sie auszusprechen.

»Leute wie du wollen immer gesund leben und fühlen sich so anständig und toll«, entgegnet Corinna. »Dabei kommen die Artischocken für die Pizza nicht nur aus Ägypten, sondern auch aus der Dose.«

»Woher willst du das wissen?«

»Die Artischocken kommen immer aus der Dose.«

»Also wollen wir uns eine Vegetariana teilen oder nicht?«

»Von mir aus.«

»Aber ich nehme die Vegetariana ohne Käse«, gibt David kleinlaut von sich, wissend, was jetzt kommen wird. Und es kommt natürlich, denn Corinna, die den veganen Braten längst gerochen haben muss, fragt mit gespieltem Entsetzen: »Warum um Himmels willen?«

»Ich bin Veganer«, sagt David mit fester Stimme, und der Fortlauf des Abends hängt nun für ihn doch ein wenig davon ab, welche der zahlreichen dummen Bemerkungen Corinna von sich geben würde. Das Spektrum war reich: Sind Veganer nicht diese Außerirdischen, die Raumschiff Enterprise attackieren? Wieso hast du keinen Spaß am Leben? Warum isst du den Tieren das Futter weg? Du hältst dich wohl für etwas Besseres? Wird man davon nicht impotent?

Corinna würdigt ihn keines Blickes, als sie sagt: »Ich nehme eine Prosciutto, und statt der Oliven noch extra Salami. Wenn es dich nicht stört.«

David findet, er darf jetzt auch ein bisschen provozieren: »Wenn es dich nicht stört, dass für deine Pizza zwei Tiere gestorben sind.«

»Wieso zwei?«, will Corinna wissen.

»Ein Schwein für den Schinken, eines für die Salami.«

»Na dann. Bestell mir eine Massenmordo speciale und für dich eine Sonoilbestemenschvonwelt grande.«

David nimmt sein Telefon und gibt die Nummer ein, während Corinna sich eine Zigarette dreht.

»Ja, hallo … ich … äh … möchte eine Pizza bestellen. Zwei Pizza. Pizze sagt man dann, nicht?« Corinna verdreht die Augen. Schlimm, diese Leute, die nach einem Italienurlaub oder dem Kurs *Italienisch für Anfänger* an der Volkshochschule glauben, in der Pizzeria all ihre Kenntnisse einem Kellner ent-gegenschleudern zu müssen, der noch dazu in den meisten Fällen kein Italiener, sondern Türke oder Tschetschene ist. Beim Cavallino ist es zwar tatsächlich ein Italiener, aber das macht es nicht besser. »Haha … Ja … Liefern … Ja, zum Lie-fern, bitte … Also eine Vegetariana … Stimmt es, dass die Arti-schocken aus der Dose sind? Aha. Verstehe. Ja … Vegetariana also, ohne Artischocken. Ja. Ohne Artischocken. Senza carcio-fi. Und ohne Käse. Ja. Unbedingt ohne Käse. Haben Sie Räu-chertofu? Tofu! Kein Tofu? Und dann, wenn es geht, eventuell keinen Knoblauch, oder nicht zu viel Knoblauch, weil …«

Mit zunehmender Anspannung hat Corinna zugehört. Sie ahnt, dass David einer von denen ist, die so lange an ihrer Piz-zabestellung herumbasteln, bis von den ursprünglichen Zuta-ten nichts, aber auch gar nichts mehr übrig bleibt. Sie reißt David das Telefon aus der Hand: »Ciao Cecco, sono Corinna. Potresti farci due pizze per favore? Come al solito, per me, ma questa volta potresti aggiungere prosciutto, prosciutto crudo, salame e pancetta. Sì, davvero una montagna di carne! E poi prepara una pizza gay senza niente, ma con aglio extra, per favore, e peperoncini, davvero … sì, ho bisogno di un po 'di fuoco. E due bottiglie di vino. Bardo, sì. Ci vediamo. Sì, se non ci sono piú *volte come questa*. Ciao.«

Sie reicht David das Telefon zurück.

»Du kennst die?«, fragt David verwundert, nachdem er seine Adresse angegeben und aufgelegt hat.

»Bisschen«, antwortet Corinna.

»Warum?«

»Ich arbeite dort.«

»Was?«

»Hast du mich nie gesehen? Ich bin die Unscheinbare, die

mit dem Tablett und den Tellern herumgeht und immer freundlich ist …«

»So oft bin ich nicht dort.«

»Und wenn, hättest du mich doch nicht bemerkt.«

»Du hast gesagt, du bist Künstlerin … also auf deinem Profil.«

»Künstlerin? Nein, Kellnerin!«

»Aber ich dachte mir noch, Künstlerin, das klingt interessant.«

»Kellnerin ist uninteressant, oder was?«

»Nein, so hab' ich das nicht gemeint!«

»Wo darf ich hier rauchen?«, fragt Corinna.

Immer diese Themenwechsel ohne irgendeine greifbare Auskunft, denkt David leicht ermüdet. »Auf dem Balkon, wenn es sein muss.«

Corinna geht zur Balkontür, öffnet sie, zündet die Zigarette an. David sucht nach einem Aschenbecher oder etwas Ähnlichem, findet aber nichts. Er verschwindet in der Küche, kommt mit einem Einmachglas wieder, stellt es Corinna hin.

»Nimm das hier als Aschenbecher.«

»Wäre nicht nötig gewesen. Ist genügend Straße da unten«, gibt Corinna zurück und ärgert sich gleichzeitig darüber, dass sie so etwas sagt. Warum muss sie unbedingt provozieren? Sie würde nie, niemals die Reste ihrer Zigarette auf die Straße werfen. Außerdem bewundert sie Leute, die kein Fleisch essen, und mit dem Rauchen will sie schon lange aufhören. Oder es zumindest reduzieren.

David hat inzwischen auf seinem Handy nachgelesen.

»Da. Hier steht es«, sagt er. »Künstlerin.«

»Da hab' ich mich verschrieben«, sagt Corinna und bläst den Rauch in die Wohnung. David tut so, als wäre ihm das egal, und liest weiter: »Du schreibst auch nichts von Kuscheln, romantischen Abenden oder Strandspaziergängen im Morgengrauen, sondern: *Wenn du Edward Hopper nicht kennst, kannst du es gleich vergessen.*«

»Stimmt.«

»Also interessierst du dich für Kunst?«

»Ich verwende das als Filter«, antwortet Corinna. »Also ich meine, Typen, die Edward Hopper nicht kennen, was mach ich mit denen? Hopper schreckt ab. Verstehst du?«

»Mich hat es neugierig gemacht«, widerspricht David.

»Weil du wusstest, wer Hopper ist.«

David überlegt kurz und entscheidet sich abermals für die Wahrheit. Zu gewinnen gibt es hier ohnehin nicht mehr viel. »Peinlicherweise wusste ich es nicht. Ich hab's gegoogelt. Das hat mich noch neugieriger gemacht.«

»Warum?«

»Weil mich die Bilder ... berührt haben.«

»Ehrlich jetzt?«

»Ich mach mir nicht so viel aus Bildern,« erklärt David. »Aber die ... die sind schon etwas ganz Besonderes.«

»Und was gefällt dir daran?«, will Corinna wissen. »Aber sag jetzt nicht, er ist der Maler der existenziellen Einsamkeit, bla, bla, bla ...«

Sie wirft den Rest ihrer Zigarette in das Einmachglas und schenkt sich Wodka nach. Bevor er nun irgendetwas sagt, was Corinna wieder nicht passt, beschließt David, es seinerseits mit einem Themenwechsel zu versuchen.

»Wenn du im Cavallino arbeitest, warum wolltest du mich dann ursprünglich im Cavallino treffen? Bevor die zugesperrt haben?«

»Weil ich dich in Ruhe anschauen hätte können.«

»Und wenn ich dir gefallen hätte?«, fragt David.

»Dann hätte ich dir eine Zabaglione auf Haus gebracht und gesagt, dass mein Dienst jetzt vorbei ist.«

»Ich hätte dich jedenfalls nicht erkannt.«

»Auf meinem Profilbild sieht man auch nur Haare«, sagt Corinna und lacht.

»Ich mag deine Haare«, sagt David.

»Danke.«

Erstmals macht sich eine kleine Stille breit. Corinna möchte das Gefühl nicht zerstören, das dieser schlichte Satz »Ich mag deine Haare« bei ihr hinterlassen hat. Sie schenkt sich noch einen Zentimeter Wodka ein und trinkt ihn ex.

»Und was mochtest du an mir?«, will David wissen. »Also außer David19, das ja dann leider doch nicht so cool war. Ich meine, irgendwas muss da doch gewesen sein, sonst würden wir nicht …«

»Es war eine Kleinigkeit. Eine winzige Kleinigkeit«, antwortet Corinna.

»Was?«

»Oder eigentlich eher zwei winzige Kleinigkeiten.«

»Möchtest du mir nicht sagen …«

»Und du bist Musiker. Hast du geschrieben.«

»Ja.«

»Spielst du mir etwas vor?«

»Was?«

»Einen Song, der zu Edward Hopper passt.«

David fällt sofort ein Komponist dazu ein, und er beschließt, dieser ersten Intuition zu vertrauen. Er weiß jetzt nur nicht genau, soll es die Gymnopédie Nr. 2 oder die Gnossienne Nr. 3 werden?

Er entscheidet sich für Letztere, nicht nur wegen Hopper,

sondern auch, weil der düstere, mystische Beginn in Moll ganz schön was hermacht. Er beobachtet, wie andächtig Corinna zuhört. Ihr Gesicht verändert sich, entspannt sich, fast bekommt es ein bisschen etwas Engelhaftes, das ihm zuvor beim besten Willen nicht aufgefallen wäre. Er lässt den letzten Akkord verklingen und sieht sie an.

»Das ist schön«, sagt sie schlicht.

»Und findest du, es passt zu Hopper?«

»Sehr gut sogar.«

»Hopper war aber noch ein Kind, als Satie das geschrieben hat.«

»Woher weißt du das so genau?«

»Ich bin Musiklehrer.«

»Lehrer also.«

»Ist das schlecht?«

Corinna überlegt. Künstler wäre natürlich interessanter, aber Lehrer ist solider … Sind aber alles nur Vorurteile. Schwierig und Scheißkerle können beide sein.

»Nein, das ist nicht schlecht.«

Die ist ja plötzlich richtig normal geworden, denkt David. Nicht mehr so überdreht. Was Musik alles bewirken kann!

»Und warum schreibst du dann nicht *Musiklehrer*, wenn du Musiklehrer bist?«, fragt Corinna jetzt doch nach.

»Ich habe *Musiker* geschrieben, weil ich gelesen habe, dass die Berufsbezeichnung *Lehrer* der zweithäufigste Grund ist, weggewischt zu werden«, antwortet David.

»Und was ist der häufigste Grund?«, fragt Corinna.

»Wenn Männer auf Partnersuche bei Tinder ein Foto von ihrer Frau und ihren Kindern reinstellen«, antwortet David.

»Jetzt weiß ich's«, ruft Corinna aus. »Du bist verheiratet und hast zwei Kinder!«

David lacht. Corinna nimmt noch einen Schluck Wodka. »Nein, du würdest das nicht machen. Nein, du nicht!« Fast hat es ein bisschen beschwörend geklungen. Auf jeden Fall zu pathetisch.

»Nein, so etwas würde ich tatsächlich nicht machen.« Nach einer kleinen Pause fügt David hinzu: »Du hast weder ein Sport- noch ein Urlaubsfoto in deinem Profil. Das fand ich originell.«

»Das liegt daran, dass ich keinen Sport mache und mir Urlaub nicht leisten kann«, erklärt Corinna.

»Und deinen Spruch fand ich cool«, zitiert David: »Nur bei Tinder ist rechts okay.«

»Letztendlich alles sinnlos«, seufzt Corinna. »Jedenfalls *in Zeiten wie diesen*. Glaubst du, passiert etwas, David? Etwas Schlimmes?« Sie geht zur Balkontür und zeigt hinunter. »Ich meine, sieh dir das an. Das ist doch gespenstisch! Vielleicht sind wir die letzten Menschen, die ein Date haben? Und trotzdem bleiben wir allein?«

David hätte jetzt spontan Lust gehabt, Corinna tröstend in die Arme zu nehmen, aber er kann überhaupt nicht einschätzen, wie so etwas bei ihr ankommen würde. Also sagt er nur: »Ja. Vielleicht enden wir wie auf einem Bild von Hopper.«

Es läutet. David geht zur Tür, Francesco kommt mit zwei Pizza-Kartons und zwei Flaschen Wein herein. Er drückt David alles in die Hand und geht zu Corinna, Küsschen links, Küsschen rechts. »Ciao Corinna!«, ruft er freudig aus. »Tempi brutti in qualche modo, ma andrà tutto bene, vedrai. Quindi ... buona serata.« Und augenzwinkernd fügt er hinzu: »Non sembra così male, il ragazzo!«

Als er sich zur Tür wendet, hält ihn Corinna zurück: »Wir müssen noch zahlen.«

24

»Ach zahlen, zahlen«, sagt er mit einem Akzent, der nach Sonne und Meer klingt, »ist heute ein Geschenk, Corinna.«

»Aber Francesco ...«

»Sagst du: Danke ... sonst nichts, Corinna! Ciao ragazzi!«

»Danke«, sagt Corinna, »grazie mille!« Und auch der etwas verwirrt herumstehende David ruft dem Pizzamann ein Dankeschön nach. Als die Tür geschlossen ist, fragt er allerdings: »Er kommt doch hoffentlich nicht aus der Lombardei, dein Freund?«

»Du wirst doch keine Vorurteile haben ... nur, weil er Italiener ist!«, sagt Corinna. »Außerdem ist er nicht mein Freund, sondern mein Chef.«

»Und ... und warum hast du ZWEI Flaschen Wein genommen?«, will David wissen.

»Zwei Personen ... zwei Flaschen«, antwortet Corinna. »Das ist doch die Minimalvariante!«

»Also ich trink keine Flasche«, sagt David und lacht. Wein ist eigentlich überhaupt nicht sein Getränk. In seiner Studienzeit hat er am Abend gelegentlich Bier getrunken, aber die Beobachtung, dass Alkohol weder ihn noch die Leute rund um ihn gescheiter macht, hat dazu geführt, dass er sich nicht einmal dazu zwingen muss, abstinent zu sein.

»Möchtest du nicht endlich die Pizza abstellen?«, fragt Corinna. »Wo sollen wir essen? An dem Tisch dort?«

Sie nimmt ihm die Kartons aus der Hand, stellt sie auf das Esstischchen in der Ecke des Zimmers und geht in die Küche, um einen Korkenzieher zu suchen. Sie findet ihn in der ersten Lade, die sie öffnet. Dafür hat sie immer schon einen guten Instinkt gehabt, Korkenzieher in fremden Haushalten zu finden.

Mit geübten Bewegungen öffnet sie eine Flasche Rotwein, während David zwei Gläser auf den Tisch stellt. Ein kleiner

Aufkleber mit der Marke des Glasfabrikanten haftet noch an ihnen.

»Willst du angeben, oder hast du sie noch nie verwendet?«, fragt Corinna.

»Ich weiß es nicht genau«, gibt David zu. »Ich weiß nicht, ob ich sie schon verwendet habe.« Corinna entfernt die Aufkleber, schenkt ein, drückt David ein Glas in die Hand.

»Jetzt schau doch nicht so«, sagt sie. »Musst ja nicht trinken. Wir stoßen an, essen ein Stück Pizza, und dann bin ich auch schon wieder weg!«

David lächelt. »Na dann … Prost«, sagt er.

»Prost!«, ruft Corinna.

Und das ist auch so ziemlich das Letzte, woran sie sich anderntags erinnern kann.

Tag 1:
Kater

Als David erwacht, weiß er nicht gleich, *wo* er ist. Er steht auf, murmelt »Hallelujah«, schüttelt den Kopf, schleicht in die Küche und macht Kaffee.

Als Corinna erwacht, weiß sie nicht gleich, *wer* sie ist. Sie rappelt sich mühsam hoch. Ihr Versuch, aufzustehen, scheitert allerdings. Sie setzt sich an die Bettkante. Welches Bett ... ach du Scheiße! Sie hat ihre Unterwäsche an. Immerhin trägt sie ihre Unterwäsche! Trägt sie auch noch ihren Kopf am Hals? Sie tastet sicherheitshalber danach. Ja, da ist noch was. Etwas Haariges. Es könnte sich durchaus um ihren Kopf handeln. Wo aber ist der Typ?

Sie wendet sich vorsichtig um. Im Bett liegt er nicht. Mit einer panischen Bewegung schlägt sie die Decke zurück. Sind da irgendwelche Spuren zu sehen? Flecken? Ein Kondom? Kein Kondom?! Corinna entdeckt den Eimer, der neben dem Bett steht. Sie sieht hinein. Er ist leer. Offensichtlich eine Vorsichtsmaßnahme, die bei ihr allerdings Würgereiz auslöst. Ebenso wie das Nachdenken darüber, woran sie sich noch erinnern kann. Pizza ... eine Pizza mit Bergen von Fleisch belegt. Corinna würgt, aber es kommt nichts. Hat sie in der Nacht gekotzt? Man kann doch von ein paar Gläsern Rotwein nicht so kaputt sein! Was um Himmels willen ist passiert?

Corinna geht ins Badezimmer, wäscht sich das Gesicht, macht sich die Haare feucht und beutelt sich wie ein Hund.

Als sie ins Wohnzimmer kommt, steht David in einem Tanktop da und trainiert mit monströs schwer aussehenden Hanteln. Die Adern treten aus seinem Bizeps hervor, als gälte es, ein Anatomiebuch mustergültig zu bebildern. Haben diese Muskelberge sie umarmt? Festgehalten? Gestreichelt?

David ist gerade in seinem letzten Zehner-Satz, weshalb er nichts sagt, weil er seinen Atem braucht. Er versucht, Corinna anzulächeln, so gut es geht. Ihr Handy, das auf dem Klavier liegt, vibriert.

»Morgen!«, ruft Corinna und versucht, dabei fröhlich zu wirken. Klingt wie ein Rabe, denkt David und legt mit einem tiefen Ausatmen seine Hanteln zu Boden.

»Guten Morgen«, sagt er und sieht sie lächelnd und ein wenig erwartungsvoll an.

»Wenn ich keinen Kaffee bekomme, bin ich leider nicht imstande, etwas zu sagen«, gibt Corinna zurück.

»Ich weiß nicht, ob ich das jetzt gut oder schlecht finden soll.« David lächelt und wartet ab.

»Ich bin leider auch nicht imstande, Kaffee zu finden, wenn ich noch keinen Kaffee getrunken habe.«

»Möchtest du mich vielleicht bitten, dir Kaffee zu machen?«, fragt David.

Corinna denkt nach. Es fällt ihr keine andere Lösung ein.

»Bitte.«

»Dass ich dieses Wort aus deinem Mund hören würde, hätte ich mir nicht träumen lassen. Du musst ja ziemlich am Boden zerstört sein!«

Jetzt heißt es tarnen und täuschen, denkt Corinna. Vielleicht war das mit dem Eimer neben dem Bett nur Zufall. Vielleicht hat der Typ immer einen Eimer neben dem Bett stehen. »Ich?«, fragt Corinna. »Zerstört? Wieso?«

David geht in die Küche und lässt im Vorbeigehen lässig einen Satz fallen: »Na ja, nach allem, was passiert ist ...«

Als Corinna allein im Wohnzimmer ist, beginnt sie sofort nach Spuren zu suchen. Dreht die Kissen auf dem Sofa um, schnüffelt an der Decke. Eigentlich unauffällig. Sie sieht zur Tür und entdeckt dort die Flaschen. Sie nimmt eine nach der anderen hoch und stellt entsetzt fest, dass sie leer sind. Auch die Wodkaflasche. Warum ist auch die Wodkaflasche komplett leer? Ihr wird wieder flau im Magen. Als David mit einer Tasse Kaffee zurückkommt, nimmt Corinna Haltung an. Bloß nichts anmerken lassen! David drückt ihr die Tasse in die Hand.

»Danke.«

»Dein Telefon läutet in einer Tour.«

»Mhm.«

»Mama hat dreimal angerufen und eine unbekannte Nummer ungefähr siebzehnmal.«

»Du hast auf mein Telefon geschaut?«

»Es liegt ja da rum und stört mich seit halb acht.«

»Du bist seit halb acht auf?«

»Ich hab' ja Schule. Das heißt, ich hätte Schule, wenn ...«

»Wenn was?«

»Die Welt ist heute eine andere.«

Aber diese Information ist Corinna im Augenblick zu komplex. Ihre Welt ist eine andere, und sie muss zuerst einmal herausfinden, warum. Deshalb versucht sie es mit einer Behauptung: »Zum Glück sind wir nicht spät schlafen gegangen.«

»Na ja, wie man's nimmt«, sagt David und lacht.

»Wie meinst du das?«

David weiß jetzt, dass sie wirklich nichts mehr weiß, und möchte ihre Ratlosigkeit genießen. »Es kommt darauf an, was man unter *wir* und was man unter *schlafen* versteht.«

»Jaja, das ist die Frage«, gibt Corinna zurück und ahnt, dass das kein besonderer Trumpf war. Sie versucht, in seinem Gesicht zu lesen, aber David sieht sie nur freundlich an.

»Möchtest du nicht deine Mutter zurückrufen?«

»Das mach ich dann von unterwegs.«

»Machst du dir keine Sorgen um sie?«

»Meine Mutter ist ungefähr so alt wie ich!«

Diese Aussage versteht David zwar nicht wirklich, aber er schreibt sie einer gewissen Rest-Beeinträchtigung zu.

»Aber diese anderen Anrufe!« Er geht zum Klavier und sieht auf das Handy. »Zwölf verpasste Anrufe!«

»Eine unbekannte Nummer?« Corinna ist zu schwach, um sich wirklich dafür zu interessieren.

»Sie beginnt mit 05. 05 irgendwas.«

Corinna geht zu ihrem Telefon. »Zwölf verpasste Anrufe. Herrlich, wenn der Tag so beginnt.«

»Es ist Mittag«, sagt David trocken.

Corinna sieht auf das Display ihres Telefons, hält es von sich. Sie wird sich später darum kümmern. Oder nicht darum kümmern. Ihr ist flau. Sehr flau. Vielleicht könnte eine Kleinigkeit zu essen helfen? Und dann nichts wie weg hier! »Ich habe Hunger. Nein, ich habe keinen Hunger. Aber ich glaube, ich muss irgendwas essen.«

»Von deiner Pizza ist noch fast alles da«, sagt David.

»Ach so?«

»Weißt du das nicht mehr?«

»Doch, doch … ich hätte definitiv mehr davon essen sollen.«

»Ich glaube, dir hat davor gegraust.«

»Gegraust?«

»Vor den Schinken-, Wurst- und Speckbergen, die darauf

liegen. Ich hab' sie dir zur Tür gestellt. Deine Fleischplatte auf Pizzateig. Kannst du dir zu Hause aufwärmen.«

Corinna verzieht leidend das Gesicht: »Ich freu mich schon drauf. Und könnte ich jetzt vielleicht … ein Ei haben?«

»Darüber haben wir gestern schon geredet«, sagt David. Unglaublich, sie weiß wirklich gar nichts mehr!

»Haben wir das?«, fragt Corinna mit gespieltem Desinteresse nach.

»Was?«

»Wir haben über Eier geredet?«

»Ja. Du hast mir erklärt, dass du keine Weicheier magst.«

»Okay …« Corinna beißt sich auf die Lippen.

»Und dann hast du mir erklärt, wie du deine Eier in der Früh am liebsten hättest.«

»Ach so, und zwar wie?«, will Corinna wissen.

»Unbefruchtet«, sagt David.

Corinna lacht, doch das tut in zweifacher Hinsicht weh. Erstens, weil sie die Bauchmuskeln anspannen muss. Zweitens, weil sie solche Dinge von sich gegeben hat. »Das hab' ich gesagt?« Sie versucht, sich amüsiert zu geben. »Passt gar nicht zu mir! Und dann … Aber dann sind wir schlafen gegangen.« Ein neuer Versuch.

»Aha«, gibt sich David kryptisch.

»Was heißt aha?« Langsam wird Corinna ungeduldig.

»Aha heißt: interessant, dass du glaubst, dass der Abend da zu Ende gegangen ist«, sagt David cool.

»Verarsch mich nicht.«

»Da hat er eigentlich erst so richtig begonnen.«

Corinna versucht es mit einem Strategiewechsel: »Ich weiß. Glaubst du vielleicht, ich kann mich nicht erinnern?«

David sieht nur die leeren Flaschen an und sagt nichts.

Corinna kommt sich plötzlich sehr nackt vor in ihrer Unterwäsche. Sie findet das Spiel jetzt nicht mehr lustig und das Verhalten dieses Typen einfach nur arrogant. Noch dazu nimmt er jetzt wieder seine Hanteln und beginnt zu pumpen.

»Du hast mir K.-o.-Tropfen gegeben«, versucht sie David anzuschreien, aber der Vorwurf kommt nur als eine Art Krächzen aus ihr. Seine Muskeln sehen bedrohlich aus. Vielleicht sollte sie sich mit diesem Kerl besser nicht anlegen.

David verliert sofort die Körperspannung, als er das Wort K.-o.-Tropfen hört. Er muss aufpassen, dass ihm die Hanteln nicht auf die Knie donnern.

»Was?«, fragt er.

»Du hast mir K.-o.-Tropfen gegeben! Anders kann ich mir das alles nicht erklären!«

»Jetzt reicht's aber!«, sagt David und bleibt dabei sehr ruhig. »Wenn du wüsstest, was ich alles für dich getan habe, würdest du nicht so einen Unsinn reden. Gefährlichen Unsinn!«

Das kommt so authentisch rüber, dass Corinna sich fast beschämt fühlt. »Mir ist schwindlig«, haucht sie. »Mir ist nicht gut. Ich glaub, ich hab's schon. Dieses Scheißvirus.«

»Hör auf. Darüber macht man keine Witze.«

»Hab ich Fieber?«

David greift ihr auf die Stirn.

»Eher Untertemperatur.«

»Aber ich … bekomme schlecht Luft«, stöhnt Corinna.

»Du hättest vielleicht den Joint nicht rauchen sollen«, entgegnet David ungerührt.

»Den was?«

»Den Joint. Du hast eine Riesentröte geraucht. Wenn die Nachbarn die Fenster offen hatten, sind sie jetzt noch immer benebelt.«

»Oh fuck«, schimpft Corinna, geht ins Schlafzimmer und kommt mit ihrer Hose in der Hand zurück, während David fortfährt: »Ich hab' dir noch gesagt, das ist eine Wochenration, was du da reintust.«

Corinna greift in die Hosentasche und holt ein zerknülltes Stück Alufolie heraus.

»Das war definitiv eine Wochenration. Oh Gott, oh Gott, mir ist übel.«

Sie lässt ihre Hose auf den Boden und sich auf das Sofa fallen. »Scheiße, scheiße, sowas ist mir schon lange nicht mehr passiert. Warum mache ich sowas?«

»War das eine rhetorische Frage?«, fragt David rhetorisch.

»Ja. Aber wenn du eine Antwort weißt ...«

David überlegt kurz. »Ich würde sagen, dass du dich unsicher gefühlt hast.«

»Unsicher? Ich?« Corinna versucht, es ins Komische zu retten, aber David bleibt seltsam ernst und sagt: »Ja. Unsicher. Unsicher und traurig.«

»Traurig?« Corinna fürchtet das Schlimmste. David hebt ihre Hose vom Boden auf, legt sie ordentlich über einen Sessel und sagt: »Alles, was du mir erzählt hast, hat ganz schön traurig geklungen.«

»Ach du Scheiße, was hab' ich denn alles erzählt?«

»Dass du eigentlich Sängerin ...« David kommt nicht dazu, den Satz zu Ende zu führen.

Corinna hält sich die Ohren zu und schreit dazwischen: »Nein! Das hab' ich nicht erzählt! Nein! Das hab' ich nicht erzählt!«

»Und von deiner Liebe zur Malerei und deinen eigenen Versuchen ...«, legt David nach, und Corinna wird noch lauter: »Nein, nein ... hab' ich nicht ... darf ich nicht!!«

David hebt bedauernd die Schultern. Corinna legt sich auf den Bauch und versteckt ihr Gesicht in der Polsterung des Sofas.

»Warum bin ich nicht einfach heimgegangen?«, schluchzt sie.

»Vermutlich, weil du nicht mehr gehen konntest.«

»Oh my God, ist das alles peinlich.«

Sie springt auf, geht ins Schlafzimmer, kommt mit ihrer restlichen Kleidung zurück und zieht sich hastig an. Sie muss jetzt weg, weg, weg, und zwar ganz schnell.

»Okay, Jakob, wir ziehen jetzt einen Schlussstrich unter die ganze Sache«, gibt sie hastig von sich.

»Ich heiße David«, merkt David an.

»Ich weiß, David, sollte ein kleiner Scherz sein. Also: Wir haben uns nie getroffen, nie gesehen, nie Pizza miteinander gegessen, nie Wein und Wodka miteinander getrunken, ich habe auch keinen Joint geraucht, ich habe dir nie etwas erzählt, vor allem – vor allem! – vor allem hab' ich dir nichts Trauriges erzählt, und wenn ich das getan haben sollte, dann hast du es ab jetzt genauso vergessen wie ich. Verstanden?«

»Du lässt an Deutlichkeit nichts zu wünschen übrig. Ich fand es übrigens trotzdem – interessant.«

»Du hast es ausgenutzt, dass ich betrunken war!«

»Ich habe zugehört!«

Corinna hat ihre Schuhe zugeschnürt, ohne zuvor hineinzukotzen, was eine gewisse Konzentration erfordert hat. »Ich gehe. Und du – vergisst – mich – jetzt!!«

»Corinna, ich …«

»Du musst auch meinen Namen vergessen!«

»Ich habe …«

»Was hast du? Was hast du noch alles gemacht? Du hast es

ausgenutzt, dass ich nicht bei Sinnen war, und du hast … wir
haben … David! Ich will das nicht! Ich wollte das nicht!«

Sie nimmt ihn an den Schultern und schüttelt ihn, zumindest versucht sie es.

»Ich glaube, es wird wirklich Zeit, dass du gehst«, sagt
David.

»Ich bin schon weg! Und du schreibst mir nie wieder und
rufst mich nicht an. Ich möchte NIE wieder von dir hören!«

»Keine Sorge. Ich werde sehr glücklich sein, wenn ich jetzt
wieder meine Ruhe habe.«

Corinna wendet sich zum Gehen, will bei der Tür hinaus,
doch David ruft ihr nach: »Dein Telefon. Dein Telefon solltest
du mitnehmen. Und deine Pizza nimm bitte auch mit. Und
die leeren Flaschen. Der Container ist im Hof.«

Corinna nimmt den Karton und stapelt umständlich die
Leerflaschen darauf. David hilft ihr.

»Und vergiss nicht, deine Mutter anzurufen.«

Das geht dich gar nichts an, denkt Corinna. Aber sie sagt
nur: »Tschüss!«

Ihr abrupter Abgang Richtung Tür wird allerdings von der
Türglocke gestoppt. Corinna erstarrt in der Bewegung. David
geht zur Tür, öffnet sie. Ein Mann in Schutzanzug und mit
Schutzhandschuhen und Schutzmaske kommt herein. Corinna kann sich noch immer nicht bewegen. Ist das jetzt ein
Scherz, oder was? Wo ist sie da hineingeraten?

Der Mann, der aussieht wie ein Chirurg bei der Arbeit, zeigt
einen Ausweis vor. Seine Stimme klingt wegen der Schutzausrüstung gedämpft. »Berger, Gesundheitsamt«, stellt er sich vor.
»Da haben wir sie ja schon, die besagte Pizza …« Er sieht auf
ein Blatt Papier, das er in der Hand hält. Kriegler, Corinna?«

Corinna ist wie gelähmt. »Ja?«, fragt sie nur.

»Warum antworten Sie nicht auf die Anrufe und SMS?«, fragt der Mann vom Gesundheitsamt. »Wir haben Sie jetzt über den Pizzaservice ausfindig gemacht. Sie sind von Amts wegen verpflichtet, vierzehn Tage in Quarantäne zu verbringen.«

»Sie sind ein Fake, oder?«, murmelt Corinna. »Das ist jetzt ein Trick, nicht wahr? David, sag was.«

»Die Welt hat sich über Nacht geändert«, sagt David. »Ich wollte es dir eh sagen, aber …«

»Ja«, seufzt der Mann in der Schutzmontur. »Die Welt hat sich geändert. Über Nacht. Hier haben Sie den behördlichen Absonderungsbescheid.«

Er versucht, Corinna ein Papier in die Hand zu drücken, doch sie hat keine frei. Also gibt er David zwei Zettel, begleitet von den Worten: »Die Quarantäne gilt natürlich auch für Sie. Sie bleiben vierzehn Tage hier in der Wohnung, die Sie unter keinen Umständen verlassen dürfen.«

Das kann Corinna absolut nicht glauben, denn so etwas kann es nicht geben. So etwas hat es noch nie gegeben. »Ja, okay«, sagt sie beschwichtigend, »aber ich fahre jetzt heim zu meiner Mutter und bleibe dort.«

Herr Berger vom Gesundheitsamt lacht kurz und heftig. »Zu Ihrer Mutter? Das ist der letzte Ort, wo Sie jetzt hindürfen. Nein, nein, Sie beide bleiben hier. Das wird amtlich überwacht. Auf Verletzung der Quarantäne-Bestimmung steht eine Strafe von 3600 Euro. Und ich bin mir sicher, dass Sie Ihre Mutter nicht umbringen wollen.«

»Umbringen?« Corinna kennt sich überhaupt nicht mehr aus.

»Was ist denn passiert?« Endlich macht David einmal seinen Mund auf!

»Sie haben gestern Pizza bestellt, bei Cavallino?«, fragt der Mann.

»Ja«, antwortet David.

»Und die Pizza wurde Ihnen überbracht von Herrn Francesco di Chiara, dem Besitzer des Cavallino?«

»Ja«, antwortet diesmal Corinna.

»Herr di Chiara ist positiv auf Covid-19 getestet worden. Mit anderen Worten: Er hat Corona und befindet sich ebenfalls in behördlicher Absonderung.«

»Ach du Scheiße!«, ruft David aus, der auch ein wenig Zeit gebraucht hat, um zu verstehen, was vor sich geht. Er überfliegt die Papiere, die er in der Hand hält. *Bescheid gemäß Paragraph und so weiter des Epidemiegesetzes ... Aufgrund der Erhebungen ... Kriegler, Corinna ... Winter, David ... Absonderung ... vierzehn Tage ...* Alles mit Stempel und Unterschrift, das sieht echt aus, das ist kein Fake ... das heißt ...

»Ach du Scheiße«, sagt David noch einmal, als ihm die volle Tragweite dieser Mitteilung bewusst wird. Er sieht Corinna an, die starrt mit weit aufgerissenen Augen zurück. Gerade wollte sie gehen, für immer verschwinden, die Schande vergessen, und jetzt – muss sie zwei Wochen mit einem Fremden verbringen!

Der Schutzanzug hebt die Schultern. Durch die Maske hört man die tröstlich gemeinten Worte: »Vierzehn Tage vergehen schnell, Sie werden sehen!«

Tag 2:
Mortalität

Zuerst war da nichts als Entsetzen. Schock. Über den Zustand. Über das Zusperren. Über die Zumutung. Wie konnte es so weit kommen, dass der Staat so massiv in mein Leben eingreift, hat Corinna David gefragt, aber David hat nur geantwortet, dass der Staat ja auch in sein Leben eingreift, in jedes Leben, und zwar nicht, weil ich Jude bin oder schwul oder Kommunist. Der Staat tut es, um andere Leben zu schützen. Corinna war einfach nur übel, was aber nicht nur an der »Zumutung des Zustands«, wie sie nicht müde wurde zu wiederholen, sondern auch an ihrem Kater lag, der sich lange nicht verabschieden wollte.

Der Mensch sei ein anpassungsfähiges Wesen, hat ihr David erklärt, neben Ratten das anpassungsfähigste der Welt. Deshalb, so David, können wir am Nordpol leben, in der Sahara oder in einer Raumstation. Also würden sie es auch schaffen, zwei Wochen lang in einer Siebzig-Quadratmeter-Wohnung in einer Stadt in Mitteleuropa zu überstehen. Der Blick, den ihm Corinna daraufhin zuwarf, ließ ihn allerdings daran zweifeln, ob *er* diese zwei Wochen überleben würde.

David hat als Erstes in der städtischen Musikschule angerufen, in der er unterrichtet, und beteuert, dass er sich nicht krank fühle und dass er selbstverständlich Online-Kurse organisieren und abhalten würde, sofern das erwünscht sei. Danach hat er mit seinen Eltern telefoniert, die in einem Bungalow im Speckgürtel der Stadt wohnen, »fett im Grünen«, wie sein Vater zu sagen pflegt. Die Eltern waren wie immer gelassen, freundlich und zuversichtlich. Corinna, die das Gespräch wohl oder übel mitgehört hat, fragt ihn danach, ob seine Eltern Aliens seien. Eltern wären doch normalerweise vorwurfsvoll, hysterisch, selbstmitleidig oder zumindest besorgt.

David hat sie daraufhin gedrängt, ihre Mutter anzurufen. Bring es hinter dich, und sei ganz cool, dann wird sie auch cool sein. Das habe mit den Spiegelneuronen zu tun, hat er erklärt, Menschen spiegeln immer, wenn sie in Kontakt mit anderen Menschen sind, deshalb auch der Spruch, wie man in den Wald hineinruft, so hallt es zurück. Das möge für Menschen und Wälder gelten, gibt Corinna zurück, nicht aber für ihre Mutter.

David hat ihr eine Yoga-Übung gezeigt, die er als Musiker vor Auftritten macht und die er seinen Schülerinnen und Schülern beibringt: Du beugst dich vor, imitierst mit deinen Armen das Rad eines Dampfers oder einer Mühle, schaufelst die Energie nach oben über den Kopf und breitest die Arme aus. Das, erklärt David, reinige einerseits von negativen Energien, andererseits verstärke es die positiven, sodass du – wenn du die Übung fünf- oder sechsmal machst – von einer unverbrüchlich schützenden Energiehülle umgeben bist.

Corinna macht die Übung dreimal, wobei sie vor allem beim Vornüberbeugen große Mühe hat, sich nicht zu übergeben. Als David ihr dann mit seinem *Erzengel-Michael-Energie-Transformations-Spray* droht, um ihre Aura zu reinigen, ergibt sich Corinna unverzüglich und ruft ihre Mutter an. Und siehe da: Ihre Mutter ist gelassen, freundlich und zuversichtlich, was Corinna freilich auch in Alarmbereitschaft versetzt, denn so kennt sie sie nicht. Vielleicht ist sie schon übergeschnappt, erklärt sie David, sie ist über Nacht der totale Corona-Fan geworden und behauptet, die ganze Welt würde sich jetzt zum Besseren verändern.

Da die Menschheit so anpassungsfähig ist wie ein Virus, haben Corinna und David an Tag eins einfach stillgehalten und sich am Abend gemeinsam die Nachrichtensendung im Hauptabendprogramm angesehen. Beide zum ersten Mal seit Kindertagen. Sie haben die Nachrichten natürlich nicht wie damals im Fernsehen verfolgt, sondern auf einem Laptop gestreamt, aber im Prinzip kam das auf dasselbe hinaus. »Wie schön, dass es unser gutes, altes Staatsfernsehen gibt«, hat David gesagt und sich dabei wie seinen Vater reden gehört, was ihm eigentlich selten passiert.

Da der *homo sapiens* eine extrem anpassungsfähige Spezies ist, haben Corinna und David gemeinsam einen Kalender gebastelt. Jeden Tag konnten sie einen Tag abreißen, so würden sie die Übersicht behalten. Corinna hat die Ränder der Seiten mit Blumen bemalt, David hat Ornamente, Noten und glückbringende Zeichen hinzugefügt.

Da Menschen sich sehr schnell an ungewohnte Situationen anpassen können, hat David Corinna ein Bett auf dem Sofa eingerichtet, hat sein eigenes Bett frisch bezogen und ist dann schlafen gegangen, nicht ohne vorher noch dreißig Seiten in der druckfrischen Beethoven-Biografie zu lesen. Schließlich feiert man den 250. Geburtstag des Musik-Giganten, und im Jahr 1770 war auch nicht alles leicht, die Pocken und das Fleckfieber wüten, so what, Corona.

Den zweiten Tag beginnt Corinna damit, genüsslich das Blatt von Tag eins vom Kalender zu reißen. Allerdings deprimiert sie der Anblick des schlichten Schriftzugs »Tag 2« dermaßen, dass sie sich eine Zigarette dreht und sie dann auf dem Balkon raucht. Die erste in der Quarantäne. Immerhin hat sie keinen Kater mehr, sondern nur noch Kopfschmerzen. Sie zweifelt sehr an ihrer Anpassungsfähigkeit. Wahrscheinlich, denkt sie, wird die Menschheit überleben, ich aber nicht, obwohl gerade Frühling wäre und die Vöglein im Park so schön singen.

David hat ihr, ohne zu fragen, eine Tasse Kaffee gebracht. Das findet sie sehr nett. Gleichzeitig verdrießt es sie, und sie kann nicht einmal ausmachen, warum. David sitzt am Computer, schlürft seinen Kaffee und versorgt sie mit Neuigkeiten.

»Das Foto mit den Hunden mit der Maske, hast du das gesehen? Ist schon sehr, sehr süß! Und jetzt ... ja, stimmt. Die Frauen mit der Burka haben es immer schon gewusst. Und die Asiaten mit ihren Schutzmasken ... Na klar, die haben recht gehabt! Übrigens sind die Verstimmungen bestärkt worden ... Ich meine, die Bestimmungen sind verstärkt worden. Alle nicht unbedingt nötigen Ausfahrten sind zu unterlassen, es sei denn, um zu helfen, einzukaufen oder unaufschiebbare Arbeiten zu erledigen. Was heißt schon unaufschiebbar? Ziemlich schwammig, findest du nicht? Also wenn einer tot ist, muss die Arbeit ja auch aufgeschoben werden. Ist nicht jede Arbeit aufschiebbar? Maskenpflicht im öffentlichen Raum wird angedacht. Manche meinen aber, die Maske bringt nichts ... wahrscheinlich, weil es keine Masken gibt. Andere sagen ... ja, seltsam, andere sehen in der Maske die Rettung. Verstehst du, da hatten wir jahrelang unser Vermummungsverbot, und jetzt sollen wir alle wie Bankräuber aussehen! Corinna?«

Corinna sieht beim Balkon hinab und sagt nichts. David versucht sie zu trösten. »Die Chance, dass wir uns infiziert haben, steht übrigens bei eins zu viertausend.« Nach einer kurzen Pause fügt er hinzu: »Laut anderen Quellen allerdings bei eins zu fünfzig. Warte … und hier … na ja, also eigentlich lässt es sich nicht so klar nachvollziehen, wie groß die Wahrscheinlichkeit ist, dass wir uns angesteckt haben. Aber du warst ihm näher, diesem Francesco! Allerdings waren wir dann auch … näher … Also wenn, dann haben wir es beide. Oder nicht. Das mit der Mortalität ist jedenfalls leichter. Mortalität, das ist die Sterblichkeit. Sie liegt nach neuesten Studien bei 0,017 Prozent … nach einer anderen Studie bei 1,5 Prozent … das heißt also, dass auf hundert Leute einer von uns ganz und der andere halb stirbt … Ich hab übrigens die Corona-Nummer angerufen. Die sind nett dort. Sie testen uns aber nur, wenn wir Symptome bekommen.«

Corinna geht hinein, um sich eine weitere Zigarette zu drehen. Sie wirft David einen vernichtenden Blick zu. David fährt unbeirrt fort. »Wobei wir beide nicht zur Risikogruppe gehören. Wenn du da auf die Straße runterschaust, siehst du sicher ein paar Risikogruppen. Das sind die, die am Stock gehen oder den Rollator vor sich her schieben Richtung Apotheke. Wobei ich gerade lese … du als Raucherin hast ebenfalls ein erhöhtes Risiko, an SARS-CoV-2, früher bekannt als Covid-19 respektive Coronavirus zu erkranken. Hast du eigentlich Vorerkrankungen?«

Corinna geht an David vorbei und wirft ihm wieder einen vielsagenden Blick zu. Auf dem Balkon zündet sie sich die nächste Zigarette an.

»Ach sei doch nicht so, Corinna …«, macht David weiter, »hier steht noch was anderes über Raucher, das wird dir gefallen. Laut einer französischen Studie verhindert Nikotin das Andocken des Virus an Zellrezeptoren …Nur fünf Prozent der Infizierten sind Raucher. Vielleicht, weil die Raucher schon an etwas anderem gestorben sind? Kein Mensch kennt sich aus! Man darf übrigens spazieren gehen, allerdings nur mit Sicherheitsabstand. Das heißt, die anderen dürfen. Wir sind inklusive heute noch dreizehn Tage lang in Quarantäne beziehungsweise haben unseren behördlichen Absonderungsbescheid erhalten.«

Corinna nähert sich dem Balkongeländer, sieht hinunter ... David steht auf, geht zu ihr, sie entwischt ihm aber ins Innere der Wohnung. Sie sieht beim Fenster hinaus. David geht zurück an seinen Computer.

»Corinna! Dreizehn Tage, das ist nicht ... na ja, das ist nicht gerade kurz, aber es ist auch nicht ... das ist zu überleben! Pass auf, der ist gut ... Corinna? Der ist wirklich gut. Der wird dich aufheitern: ›Österreichische Forscher haben herausgefunden: Ein Glas Wein täglich ist nicht nur sehr gesund, sondern auch sehr wenig!‹«

Corinna lässt sich auf das Sofa fallen, das Gesicht voran, und schlägt die Hände heulend über dem Kopf zusammen.

Tag 3:
Mercedes

Seltsam, denkt David, da ist ein fremder Mensch in meiner Wohnung und telefoniert einfach. Und zwar so selbstverständlich und laut, als ob ich gar nicht da wäre. Da er sich auf nichts anderes konzentrieren kann, reißt er inzwischen das nächste Kalenderblatt ab. Tag 3. Im Skiurlaub und bei frischen Beziehungen ist Tag 3 besonders gefährlich, sagt man. Corinna scheint davon nichts zu wissen. Ihre Socken, ihre Unterwäsche und ihr T-Shirt liegen auf dem Boden, und zwar so kunstvoll verstreut, als ob es gälte, das Zimmer einer pubertierenden Jugendlichen nachzuahmen. Ungewöhnlich findet David auch, dass Corinna ihn an eine merkwürdige Ausgabe seines eigenen Spiegelbilds erinnert, was mit Sicherheit daran liegt, dass sie seine Shorts und sein T-Shirt trägt. Sie nimmt den gesamten Raum ein, indem sie auf und ab geht, während sie mit ihrer Mutter telefoniert.

»Ja, Mama. Nein, Mama. Das einzige Problem ist, der Akku wird bald aus sein. Nein, nicht meiner! Mir geht es gut! Der von meinem Telefon. Also wenn ich dich von einer anderen Nummer aus anrufe, mach dir keine Sorgen. Natürlich. Und du? Du darfst raus, klar. Ja … herrlich, ja. Ich werde auf jeden Fall *bestens* versorgt. Wirklich, Mama, David ist ein *fantastischer* Koch! Er verwöhnt mich nach Strich und Faden. Ja, Mama. Nein, Mama. Der Akku, Mama! Küsschen, ja! Ciao, ciao.«

Mit einem Stoßseufzer beendet sie das Gespräch und wendet sich an David: »So, genug gelogen für heute. Hast du Eier?«

»In welcher Hinsicht meinst du das?«

»Ich meine das in der Hinsicht, dass ich am Verhungern bin. Du hast mich zwar *bestens* versorgt, und den Soja-Cashew-Aronia-Smoothie hast du wirklich *fantastisch* gekocht, aber ich brauche jetzt etwas zum Beißen.«

»Gestern gab es Nudeln«, sagt David.

»Ja, Nudeln mit nichts!«

»Mit Olivenöl UND Salz!«

»Sag ich ja«, beharrt Corinna, »Nudeln mit nichts! Ich brauche irgendwas … Eier!«

»Ich hab' keine Eier!«

»Ich weiß! Du bist Veganer! Drum hast du auch keine Butter und keinen Schinken und keine Lederschuhe.«

David beginnt etwas hilflos zu gestikulieren und wird laut. So kennt er sich gar nicht. »Dann iss doch deine Pizza. Die steht noch da! Und nicht nur die Pizza liegt rum, sondern auch deine Wäsche, weil ich es jetzt schon satthabe, ständig hinter dir herzuräumen!«

»Die Wäsche stinkt. Und die Pizza stinkt auch!« Corinna hat kein Problem damit, ebenfalls laut zu werden. David lässt sich auf das Sofa sinken. »Wir brauchen Hilfe!«, stöhnt er.

»Psychologische?«, fragt Corinna.

»Eine Haushaltshilfe.«

»Das ist aber verboten. Und die vom Gesundheitsamt? Die versorgen uns nicht?«

»Nein.«

»Zuerst sperren sie uns ein, und dann versorgen sie uns nicht?«, fragt Corinna empört.

»Ich hab' mich erkundigt«, antwortet David. »Sie sagen, wir

sollen das mit Nachbarschaftshilfe organisieren. Die Super-
märkte liefern momentan auch nicht oder erst Tage später.
Totale Überlastung.«

»Ja, dann fragen wir deine Nachbarn.«

»Ich kenne meine Nachbarn nicht. Und ich will sie auch
nicht kennenlernen.«

»Kennst du irgendwen, der in der Nähe wohnt?«

»Ja, nein … also nicht direkt.«

»Also was jetzt?« Corinna will es genauer wissen.

»Es gibt schon jemanden«, stottert David, »die ist … also die
würde das vielleicht machen … aber irgendwie ist es … peinlich.«

»Du bist ja ganz rot geworden. Erzähl – was ist mit dieser
Jemanden?«

»Es ist … nichts. Jedenfalls werde ich sie nicht bitten,
DEINE Schmutzwäsche wegzuräumen!«

»Hast du sie vielleicht auch auf Tinder gematcht und dann
betrunken gemacht und dann … so wie mit mir?! Und jetzt
will sie dich nicht mehr sehen?!«

»Nein!«, ruft David fast erschrocken aus. »SIE würde ich
NIE auf Tinder kontaktieren.«

»Ach? Ist sie so alt? Oder hässlich? Oder dumm?«

»Ganz im Gegenteil.«

»Das heißt, sie ist jung, schön und intelligent?«

»Ja«, antwortet David.

»Und deshalb würdest du sie nie auf Tinder kontaktieren«,
stellt Corinna mit gefährlich wirkender Ruhe fest, »weil Tinder ist nur für so hässliche Entlein, für Zwischenlösungen, für
Freaks, für seltsame Frauen, denen man zuerst Alkohol ein-
flößt, um sich anschließend über sie lustig zu machen.«

»Ich habe mich nicht über dich lustig gemacht«, widerspricht David. »Und den Alkohol hast du dir ganz alleine eingeflößt!«

Corinna seufzt theatralisch bei der Balkontür hinaus, wendet sich dann um und sieht David in die Augen: »Tatsache ist, dass wir nun diese junge, schöne und wahnsinnig intelligente Jemand brauchen, weil wir hier sonst vor die Hunde gehen.«

»Es ist eher so, dass DU sie brauchst, denn ich habe noch genügend Sojamilch, Tofu und Nudeln.«

»Wäh! Tofu! Erinnere mich nicht daran!«

»Frag doch deine Mutter, ob sie was für dich einkaufen will.«

»Meine Mutter wohnt am anderen Ende der Stadt. Ich werde deine Frau Jemand fragen.«

»Sie ist eine Göttin.«

»Ich werde die Göttin fragen.«

»Nein, das wirst du nicht.«

»Warum nicht?«

»Weil es *meine* Kollegin ist!«

»Sie ist Lehrerin?«, fragt Corinna amüsiert. »Eine göttliche Lehrerin?«

»Sie spielt Akkordeon.«

»Ziehharmonika?«

»Wenn du willst, sag Ziehharmonika. Aber ich will nicht, dass … Ich will nicht!«

David ist aufgestanden und sieht beim Fenster hinaus. Corinna ist still. Sie ahnt jetzt, was hinter Davids Weigerung stecken könnte, aber der Gedanke scheint ihr gleichzeitig absurd. Sie geht nah zu ihm hin und flüstert fast: »Ah, jetzt verstehe ich. Du willst nicht, dass sie weiß, dass eine andere Frau hier in der Wohnung ist.«

David antwortet nicht.

»Weil ihr etwas miteinander habt«, fährt Corinna fort. »Was heißt, ihr seid ein Paar! Um Gottes willen, vielleicht seid ihr sogar verheiratet?«

»Aber nein!«

»Aber ein Paar!«

»Auch nicht!«

Schon wieder muss ich mich rechtfertigen, denkt David, wie macht sie das? Und wie komme ich dazu, dass sie mir jetzt eine Szene macht, als ob sie irgendein Recht dazu hätte!

»Warum hast du dann mich getroffen?«, fragt Corinna. Ist David doch einer dieser Scheißkerle? Dem eine Frau gefällt, der aber Hunderte andere trifft, einfach, weil es geht? Sie findet das verletzend. Nicht nur für sich, auch für die göttliche Ziehharmonikalehrerin.

»Warum bist du überhaupt auf Tinder?«, fragt Corinna.

»Hör mal zu, Corinna. Wir sind zwangsweise hier zusammen und nicht, weil wir ein Liebespaar sind. Wir werden versuchen, die Zeit so gut wie möglich zu überstehen. Dazu gehört für mich, dass mein Liebesleben meine Privatsache ist.« David überlegt, ob er noch ein »Verstanden?« hinzufügen soll, aber er findet, er war deutlich genug. Corinna freilich ignoriert ihn ohnehin.

»Ist sie vielleicht ... verheiratet? Die Frau Kollegin?«, fragt sie.

»Nein, ist sie nicht«, sagt David genervt. »Du warst es, die diese Geschichte aufgebauscht hat. Ich muss mich weder vor ihr noch vor dir rechtfertigen, was ich in meiner Freizeit mache. Ich kenne Mercedes nicht einmal besonders gut.«

»Mercedes!!« Jetzt gibt es bei Corinna kein Halten mehr. Fünfmal wiederholt sie »Mercedes«, mit diesem spanischen C, das einerseits sehr rassig, andererseits wie ein Sprachfehler klingt. »Mercedes! Eine heiße Spanierin mit unglaublich langen Beinen … die ihre riesigen Brüste an das Akkordeon schmiegt, an dem ihre schwarzen Locken herabfließen … In wogenden Bewegungen wird sie eins mit seinem Atem, mit den Tönen, mit der göttlichen Musik.«

David sieht sie erstaunt an. »Kennst du sie?«, fragt er. Corinna lacht. »Sie ist nämlich genau so«, fährt David fort. Und sie spielt genau so. Sie wird … eins … Alles … verschmilzt.« Nach einer kurzen Pause der Verzückung fügt er hinzu: »Nur in einem Punkt irrst du dich.«

»Der Brüste sind nicht riesig«, rät Corinna, »sie sind enorm!«

»Falsch.«

»Ihre Beine sind nicht nur lang, nein, sie reichen bis zum Hals.«

»Auch falsch. Sie ist nicht aus Spanien, sondern ursprünglich aus Argentinien.«

»Oh mein Gott«, ruft Corinna aus, »auch das noch! Tango im Blut! Ich muss sie unbedingt kennenlernen!«

»Tja, das wirst du aber leider nicht«, sagt David.

»Hat sie einen Freund?«, will Corinna wissen.

David seufzt.

»Warst du schon mit ihr im Bett? Wie ist sie? Wogt sie dann auch auf dir, wenn ihr eins werdet und ihr Haar wie ein himmlischer Vorhang eure göttlichen Körper umrahmt?« Corinna macht unbeirrt weiter. Sie weiß, dass sie sich diese Verhörmethoden in ihren Beziehungen zu diversen Scheißkerlen angewöhnt hat. Es fällt ihr dennoch schwer, die Fragerei bleibenzulassen. Vor allem, wenn sie spürt, dass bei den Antworten des Gegenübers irgendetwas nicht stimmt. Und sei es nur, dass etwas nicht oder nur halb erzählt wurde.

»Könntest du jetzt bitte aufhören mit diesem Thema?«, fragt David.

Corinna geht auf den Balkon und winkt David zu sich. Zögerlich kommt er nach. Sie sieht ihn an und sagt in aller Ruhe: »Wir werden aber früher oder später deine Kollegin brauchen. Oder einen Nachbarn. Du wirst doch irgendwen in der Nähe kennen?«

»Nein, eigentlich nicht.«

»Aber wir müssen Klopapier kaufen.«

»Warum müssen wir Klopapier kaufen?«, will David wissen.

Corinna zeigt auf die Straße. »Sieh dir die Leute an«, sagt sie. »Wo kommen all die Menschen her?«

David lacht auf. »Und alle haben Klopapier unterm Arm! Aber wirklich alle! Gott, sieht das bescheuert aus!«

»Wenn es alle tun, wird es einen Grund haben«, meint Corinna. »Vielleicht wird die Klopapierproduktion weltweit eingestellt. Vielleicht kommt nach Corona eine weltweite Durchfall-Epidemie.« Im Grunde verspürt sie jedoch keinen großen Drang, Klopapier zu kaufen, sondern Alkohol. Seit sie sich wieder halbwegs fit fühlt, hat sie wahnsinnige Lust, sich zu betrinken. Das hat schon gestern Abend begonnen. Nach fünf Stunden Corona-Fernsehen mit den neuesten Statistiken, mit Reportagen, Auslandsberichten, Expertenrunden und Politikerinterviews hat sich ihre Sehnsucht nach Alkohol geradezu ins Unermessliche gesteigert. Und sie fürchtet, das wird heute nicht anders sein. Ihre Freundinnen und Freunde scheinen sich den Bildern auf Insta nach zu schließen im Dauerrausch zu befinden, und sie, ausgerechnet sie soll das alles nüchtern durchstehen? Sie möchte aber natürlich vor David weder als Schwächling noch als Süchtige dastehen, deshalb wird sie sich auf das Klopapier ausreden. Auch kann Klopapier im Zusammenleben mit einem Scheißkerl möglicherweise ganz praktisch sein. Oder ist er keiner? Ist er der nette, etwas schüchterne, sportliche Mann aller Träume? Sie weiß es nicht. Sie wird der Sache aber auf den Grund gehen und herausfinden, was es mit dieser »Kollegin« auf sich hat. Er könnte ihr ja einfach alles erzählen, warum denn auch nicht? Sie hat das ja anscheinend ebenfalls gemacht, als sich ihr Gehirn am ersten Abend im Selbstauslöschungsmodus befunden hat. Mercedes … Mercedes wird ihnen Schinken, Wein und Klopapier bringen. Mercedes, Mercedes, Mercedes … Was ist das, was Corinna da spürt? Das wird doch nicht etwa Eifersucht sein?

Tag 4:
Heart and Soul

Jetzt wird es hell, und Corinna ist immer noch wach. Das abendliche Krisen-Fernsehen hat sie dermaßen gelangweilt und gleichzeitig dermaßen aufgeregt, dass an schlafen nicht zu denken war. Nachdem David gegen Mitternacht ins Bett gegangen ist, hat sie sich noch irgendeinen von seinen Wellness-Tees aufgegossen, blöderweise einen mit Grüntee, wie sie hellwach um drei Uhr früh nachgelesen hat. Dann hat sie sich auf ihrem Sofa herumgewälzt, eine schwierige Aufgabe angesichts von dessen Schmalheit. Rauchen auf dem Balkon hat auch keine Erleichterung gebracht, also hat sie sich an Davids Computer gesetzt.

Sein Passwort hat er ihr verraten, damit sie ihre Mails lesen kann, aber Corinna hat noch nie besonders viele E-Mails bekommen, und wenn, dann meistens keine wichtigen. Natürlich checkt sie als Erstes Davids Browserverlauf, aber der hat in seinen Einstellungen »Chronik automatisch löschen« aktiviert. Machen das nur Leute, die etwas zu verbergen haben? Wahrscheinlich machen es alle, sie selbst ja auch, also muss sie die Hoffnung aufgeben, David von seiner Heiligensäule zu stürzen, indem sie ihm das Ansehen schmutziger Pornoseiten unter die Nase reibt. Dabei wäre ihr ein guter Spruch dazu eingefallen: »Ach, diese Art von Fleisch konsumieren Veganer dann schon.« Interessiert hätten sie seine Vorlieben ... Steht er auf Schwarze oder Asiatinnen, auf Junge oder Alte, auf soft oder hart, vielleicht auf Männer? Oder doch ausschließlich auf Latinas? Oder gehört er zu den ganz Argen, die sich überhaupt nie auf solchen Seiten herumtreiben?

Mercedes ... Musikschule ... Akkordeon ... ein paar Klicks, und da ist sie schon. Mercedes de la Costa, auch das noch, ein Name wie aus einer Telenovela. Fotos ... Corinna erschrickt fast, als sie die Fotos durchklickt. Sie sieht genau so aus, wie Corinna sie zu beschreiben versucht hat, mit dem kleinen Unterschied, dass sie noch strahlender, noch sinnlicher wirkt als in ihren erfundenen Schilderungen. Und wie sie spielt! Corinna findet ein paar Videos von Konzerten und wundert sich, warum diese Mercedes de la Costa kein Weltstar ist. Nun gut, mit einem Medley aus *Carmen* kann man nicht viel verlieren. Bizets Greatest Hits können alle mitsummen. Nur: Spielen und singen muss man sie können, und Corinna weiß aus leidvoller Erfahrung, wie schwer diese melodische Leichtigkeit zu erzeugen ist. Das heißt, zu erzeugen ist sie nicht, man muss sie leben, und das wiederum setzt voraus, dass man selbst über eine gewisse Leichtigkeit verfügt, und ... Stopp!, ruft sich Corinna selbst zu. Das ist das Einzige, was sie in zweieinhalb Psychotherapiestunden gelernt hat: ihrem eifrigen Selbstzweifel ein Kommando zuzurufen. Mercedes im roten Kleid in der Mitte der Bühne, flankiert von einem Geiger und einem Klarinettisten, auch fesche Kerle. Die drei spielen einen Ton, einen atmenden, zitternden Akkord, der langsam und bedrohlich das Todesthema aus der Ouvertüre gebiert, und als sie im Raum vibrieren, diese berühmten fünf Noten, hebt Mercedes die Augen von den Tasten und wirft dem Violinisten einen Blick zu, der Corinna erschaudern lässt. Pass auf, Freundchen, sagt der Blick, das ist kein Spaß, was wir hier machen, das ist heiliger Ernst. Und die Augen treffen sich und erkennen einander, und Corinna erkennt es auch und spürt dieses Ziehen in ihrem Herzen, das sie so unruhig macht. Langsam nimmt die Musik Fahrt auf. Mercedes lässt ihre Partner nie aus den Augen, sie scheint sie zu hypnotisieren, sie schwebt voran auf einer Reise durch diese betörend sinnlichen Melodien, die eine aus der anderen entstehen, als hätte es Bizet schon so geschrieben. Beim Kinderchor wird es schon lustiger, *les petits soldats* sind Mercedes schon ein Lächeln wert, sie schenkt es dem Klarinettenspieler … mein Gott, hat die schöne Zähne! Im langsam wogenden Rhythmus der *Habanera* ist Mercedes natürlich in ihrem Element. Jetzt schließt sie die Augen, schwarzlockige Strähnen fallen in ihr Gesicht, ihre halb geöffneten Lippen ein vollmundiges Versprechen … Man muss kein Mann sein, um bei dem Anblick an Sex zu denken. Sie wirft ihre schwarze Mähne zurück, sie lacht, sie tanzt mit ihrem Instrument, ohne einen Schritt zu machen, wie im Liebesrausch streicheln ihre Finger die Tasten, öffnen und schließen sich die Arme … Escape! Escape! Corinna hat genug gesehen.

Dennoch kann sie nicht genug bekommen. Auf Facebook ist sie auch, na klar. Mercedes erzählt in einem Video, dass sie sich so auf die Konzerte in diesem Frühling gefreut hat, und jetzt wird das alles nichts. Sie spricht akzentfreies Deutsch, nurrr das rrrollende R erinnert an ihre lateinamerikanische Herkunft. »Nun spiele ich hierrrr – fürrr euch …«, haucht sie und beginnt mit einer so hinreißenden Version von Mozarts *Türkischem Marsch*, dass Corinna ganz trübsinnig wird. Ja, so ist das, wenn jemand etwas kann. So ist das also, wenn jemand toll aussieht, sich gut präsentiert und Musik – lebt.

Corinna hat Kopfweh. Sie googelt »Corona Symptome« und liest nach, dass eines davon Kopfweh sein kann. Sie studiert die möglichen Krankheitsverläufe und wird innerlich immer stiller: Husten, Herzrhythmusstörungen, Infarkte, Nierenversagen, Übelkeit, Erbrechen, Ersticken ... Nach einer halben Stunde hat Corinna die meisten Symptome bereits, wenn auch in gelinder Form.

Sie tröstet sich, indem sie schaut, was ihre »Freunde« treiben, allzu viele hat sie ja nicht, sie ist nicht so aktiv auf Facebook. Beruhigend ist das freilich auch nicht, weil die meisten ihrer Freunde irgendwelche Fotos von sich posten, und alle, alle haben entweder eine Flasche Prosecco in der Hand oder ein Glas Rotwein oder Weißwein oder einen Caipirinha oder einen Gin Tonic oder eine Flasche Bier, die ganz Lustigen natürlich »Corona extra«. Ihre nicht trinkenden Facebook-Freunde turnen und halten sich fit, was Corinna auch nicht erheitert. Diejenigen, die nicht turnen und sich fit halten, sind die Allerschlimmsten, die Schlauen nämlich, die alles wissen, denn Bill Gates hat schon vor Jahren vor einer Pandemie gewarnt, also müsse man nur eins und eins zusammenzählen, wenn jetzt eine Pandemie da ist, kann nur Bill Gates schuld sein, und mit ihm das internationale Finanz- und Impfjudentum. Als Corinna bemerkt, dass sie fast eine Stunde vergeblich damit zugebracht hat, herauszufinden, ob Bill Gates Jude ist oder nicht, damit sie es diesen Idioten ordentlich hineinsagen kann, klappt sie entnervt den Laptop zu und schimpft sich selbst eine Idiotin, weil die Fragestellung allein schon vertrottelt ist und die Antisemiten aller Zeiten ohnehin immer selbst bestimmt haben, wer Jude ist und wer nicht.

Sie dreht sich eine Zigarette, geht auf den Balkon, raucht und sieht zu, wie die Sonnenstrahlen eine Hausfassade nach der anderen erobern. Sie ertappt sich dabei, eine Melodie zu summen, eine einfache Melodie, was war das doch gleich? Richtig, die Melodie, die David gespielt hat, bevor sie in seine

Wohnung gekommen ist. Eine ruhige, swingende Melodie, die so gar nicht zu Corinnas Art gepasst hat, wie eine Furie das Zimmer zu stürmen, um ein wenig Selbstbewusstsein vorzutäuschen.

Corinna geht zum Klavier und öffnet den Deckel mit derselben Vehemenz, mit der sie kurz zuvor den Laptop zugeklappt hat. Die drei Jahre, die sie zur Vorbereitung auf die Aufnahmeprüfung an das Musikkonservatorium Gesangs- und Klavierunterricht genommen hatte, liegen nun auch schon ein Jahrzehnt zurück, und seither … seither hat sie keine Taste mehr angerührt und nicht einmal in der Badewanne gesungen. Jetzt beginnt sie sehr zaghaft die Tasten anzuschlagen, mit der rechten Hand die Melodie, mit der linken ein paar Akkorde, aber bei David hat das lässiger geklungen, swingend und gleichzeitig innig. Corinna spielt jetzt lauter, David soll endlich kommen, ihr ist langweilig.

Es dauert tatsächlich nicht lange, und David taucht auf, in einem sehr edlen braunen Pyjama mit schwarzen Streifen. Er sieht Corinna fragend an und lässt dann seinen Blick durch das Zimmer schweifen: Gläser, leere Wellness-Drink-Flaschen und Teller stehen herum, Wollsocken liegen auf dem Boden. Der Pizzakarton ist mittlerweile in mehrere Plastiksäcke verpackt, immerhin, es stinkt dadurch weniger. Die Bettdecke und die Kissen sind vom Sofa auf den Boden gerutscht.

Corinna klimpert weiter und fragt nebenher: »Karl Lagerfeld sagte, dass Menschen, die Jogginghosen tragen, die Kontrolle über ihr Leben verloren haben. Was soll man dann von Leuten denken, die Pyjamas tragen?«

»De facto *haben* wir die Kontrolle über unser Leben verloren«, antwortet David.

»Warum sagst du das?«, will Corinna wissen.

»Sieh dich doch um. Wie es hier aussieht!«

»Wieso? Es ist alles ganz genau so, wie es war, als du schlafen gegangen bist.«

»Genau das meine ich ja! Wieso bist du schon auf?«

»Ich bin nicht *schon* auf. Ich bin *noch* auf. Sag, David, das war doch die Melodie … von diesem Lied … das du gespielt hast, als ich gekommen bin.«

»Du spielst es in C. In F klingt es besser.«

Corinna versucht, die Melodie in F-Dur zu spielen, scheitert aber. David stellt sich hinter sie, murmelt »Darf ich?« und greift routiniert in die Tasten. So geht das! F-Dur! Die verminderte Quinte dazu, das macht es gleich interessanter!

Damit kann Corinna nicht mithalten. Natürlich nicht, wie sollte sie auch! Es gibt Menschen, die etwas können, sie gehört eben nicht dazu.

»Ich möchte das auch so spielen wie du!«

»Das kann jeder.«

»Willst du es nicht ganz spielen?«

David streckt sich und gähnt. »Ich bin gerade aufgestanden.«

»Na und?«

»Nur, wenn du – dazu singst«, sagt David.

Corinna springt abrupt auf, schlägt den Deckel über den Klaviertasten zu und geht Richtung Küche. Und geht Richtung Bühne und tritt ins Scheinwerferlicht. Sie kann die Jury nicht sehen, aber sie wird sich jetzt keine Blöße geben und die Hand nicht als Schirm über die Augen legen, sie ist ja keine Indianer-Darstellerin. Sie wird jetzt ganz einfach singen. Sie sagt: »Ich singe jetzt die *Habanera* aus *Carmen*«, das weiß sie noch genau, sie überlegt, macht sie eine kleine ironische Bemerkung dazu, »mutig, nicht?« oder so etwas in der Art, aber sie ist ja keine Show-Puppe, ebenso wenig wie eine Indianer-

Darstellerin, sie wird mit keinem Publikum flirten, mit einer Jury schon gar nicht. Sie hat schon bei ihrem gesprochenen Satz bemerkt, dass da etwas nicht stimmt, nein, das hat sie schon in der Früh nach dem Zähneputzen bemerkt, da stimmt etwas nicht, im Hals, aber egal, Corinna, du hast jetzt zwei Jahre lang auf diesen Augenblick hingearbeitet, du bist gesund, du wirst es schaffen, du wirst es schaffen, du bist gesund. Sie nickt dem Pianisten zu, der Anfang ist nicht so schlecht, nein, das geht schon, der Pianist nickt ihr aufmunternd zu, warum tut er das bloß, stimmt etwas nicht? Warum lächelt er, sie ist doch nicht lächerlich, und sie braucht doch keinen Zuspruch, oder … oder ist da was im Hals? Ein Schleier auf der Stimme? Der war doch bei all den Proben nicht da … Sie wird doch jetzt diese paar Minuten irgendwie durchdrücken, aber drücken ist nicht gut! Gerade, als Bizet es ein bisschen einfacher gibt, spürt sie ihn genau, diesen Kloß im Hals, und was heißt schon leichter, als ob Sprechgesang leicht wäre … Si tu ne m'aimes pas, si tu ne m'aimes pas, je t'aime … Warum bloß hat sie *Carmen* gewählt, *Carmen*, das ist für die Größten, die Besten, aber wenn die Stimme jetzt schon zu brechen beginnt, wie soll sie dann das Mahler-Lied schaffen, das nämlich wirklich, wirklich schwer ist! Mais si je t'aime, si je t'aime – »Prends garde à toi!«, ruft Corinna aus der Küche, und es klingt genauso jämmerlich krächzend wie damals vor der Jury des Konservatoriums, und sie sieht sich davonlaufen, einfach nur weg, weg, weg, ihre Lippen werden für immer versiegelt bleiben, jedenfalls für das Singen, das hat sich Corinna geschworen, und bei so etwas kann sie ganz schön stur sein.

Während David seufzend Flaschen wegräumt, ihre Socken zusammenlegt, das Bett auf dem Sofa macht und die Teller einsammelt, kommt Corinna mit einer Tasse Kaffee zurück.

David sieht sie an. »Danke, dass du mich auch gefragt hast, ob ich Kaffee möchte.«

»Wo sind meine Socken?« Corinna geht sofort in die Gegenoffensive. »Die waren eben noch da, wo ich sie hingelegt hatte! Dein Pyjama sieht übrigens wahnsinnig altmodisch aus.«

»Keine Sorge, ich ziehe ihn gleich aus.«

»Untersteh dich!«

»Den hat mir meine Mutter geschenkt. Sie schenkt mir jedes Jahr einen Pyjama. Ich hab' ungefähr zwölf davon.«

»Was ist mit deinen Eltern?«, fragt Corinna.

»Was soll mit ihnen sein?«, fragt David zurück.

»Sind sie gestorben?«

»Nein, wieso?«

»Weil du nie mit ihnen telefonierst.«

»Ich schreib ihnen jeden Tag eine Mail. Sie leben am Land.«

»Heutzutage kann man sogar schon mit dem *Land* telefonieren«, sagt Corinna. »Übrigens, ich brauche ganz dringend ein Ladekabel. Und zwar nicht für ein iPhone Xpro irgendwas, sondern für ein stinknormales Samsung Galaxy.«

»Bestell dir doch eins.«

»Bis das *in Zeiten wie diesen* da ist, bin ich schon wieder weg. Hoffentlich.«

»Wo willst du es sonst besorgen?«

»Handyshops sind – wie heißt es? – *kritische Infrastruktur*«, antwortet Corinna. »Um die Ecke hier ist ein Laden. Hab' ich mit meinem *vorletzten* Saft gegoogelt.«

»Und wer soll da hingehen?«, will David wissen.

»Du.«

»Warum ich?«

»Weil, wenn sie dich erwischen, du dir die Strafe eher leisten kannst als ich«, sagt Corinna, die noch immer nicht weiß, ob sie in Kurzarbeit geht oder gekündigt wird.

»Ich zahl doch nicht 3600 Euro für ein Ladekabel!«

»Du bist Lehrer«, insistiert Corinna, »du sitzt jetzt noch drei Monate hier, dann die ganzen Sommerferien, und du bekommst immer dein Gehalt. Ich werde verhungern!«

»Dann reich doch einfach beim Hilfsfonds ein! Da bekommst du 1000 Euro.«

»Da bekomme ich 1000 Formulare! Und kein Ladekabel. Aber wie du meinst. Dann muss eben deine Kollegin gehen«, sagt Corinna. Auf diesen Trumpf hat sie hingearbeitet, und sie fügt hinzu: »Übrigens hast du nicht gefragt, was ich mit meinem *letzten* Akku-Saft gemacht habe.«

»Entschuldige bitte!«, ruft David, der sich mit dem schmutzigen Geschirr auf dem Weg in die Küche befindet.

»Interessiert es dich überhaupt?«, fragt Corinna genervt.

»Natürlich. Brennend«, kommt es aus der Küche zurück.

»Na gut, ich habe mit Francesco geschrieben.«

David ist wieder ins Wohnzimmer gekommen: »Und – wie geht es ihm?«

»Viel besser. Fast symptomfrei. Es tut ihm sehr leid, dass er uns momentan nicht mit Pizza und Wein versorgen kann.«

»Es sollte ihm leidtun, dass er uns angesteckt hat«, sagt David.

»Er hat uns nicht angesteckt!«

»Das wissen wir noch nicht. Drum sind wir ja hier. Noch zehn Tage lang. Du hast das Kalenderblatt ja schon abgerissen.«

»Ja, kurz nach Mitternacht. Ich muss meine Mutter anrufen.«

»Nimm mein Telefon«, sagt David.

»Ich kann doch nicht ohne eigenes Handy leben!« Corinna ist laut geworden. »Und ich brauche – Schinken! Und Eier! Demnächst ist Ostern!«

David seufzt: »Ostern ist in ungefähr einem Monat. Und bis dahin bist du hoffentlich, hoffentlich wieder weg!«

»Und du verlangst von mir, dass ich Ostern ohne Schinken, Eier und Handy verbringe?!«

»Ich verlange gar nichts von dir!«

»Das wäre ja noch schöner, wenn du etwas von mir verlangen würdest!!«

David lässt sich erschöpft auf das Sofa sinken.

»Du zerstörst mein frisch gemachtes Bett«, merkt Corinna schnippisch an.

»Corinna … der Tag hat gerade erst begonnen … und ich habe jetzt schon den Eindruck: Ich kann nicht mehr.«

»Vielleicht hast du es«, sagt Corinna schnell.

»Was?«

»Die ersten Symptome sind Müdigkeit und Erschöpfung.«

»Ich leide nicht an Corona«, sagt David. »Ich leide an Corinna.«

»Bist du kurzatmig?«

David seufzt tief.

»Siehst du!« Corinna legt die Hand auf seine Stirn. »So beginnt es. Fieber kommt oft erst später. Hab' ich alles in der Nacht gegoogelt. Übrigens wurde der Virus von Chinesen programmiert, um den Westen zu zerstören.«

»Es heißt *das* Virus.«

»Es kann aber auch sein, dass *das* Virus von den Amerikanern in Wuhan eingeschleust wurde, um China zu destabilisieren«, fährt Corinna fort.

»Am wahrscheinlichsten aber ist«, übernimmt David, »dass

es von internationalen Pharmakonzernen gestreut wurde, die an den Impfstoffen verdienen wollen.«

Corinna sieht ihn verblüfft an: »Woher weißt du das?«

»Nebenbei«, fährt David fort, »geht es der geheimen Weltregierung auch darum, die Bürgerrechte einzuschränken und das 5G-Netz unbemerkt auszubauen.«

»Du hast aber auch alles durchschaut«, flüstert Corinna mit gespielter Bewunderung, »das gesamte Geheimwissen.«

David flüstert zurück: »Ich hab' das alles deshalb verstanden, weil die Flugzeuge jetzt mit ihren Chemtrails die Bevölkerung nicht mehr systematisch verblöden können.«

Corinna lacht, geht in die Küche und macht eine Tasse Espresso für David.

»Oh, danke«, sagt er und bleibt auf dem Sofa liegen. Corinna setzt sich dazu und sieht ihm in die Augen.

»Bringen wir es hinter uns«, sagt sie.

»Was?«, fragt David erschrocken.

»Deiner Kollegin zu schreiben. Die hab' ich auch gegoogelt. Sieht wirklich ganz passabel aus. Also. Schreib ihr.«

»Was?«

»Eine Einkaufsliste?«

»Ich kann sie doch nicht bitten, Klopapier für uns zu kaufen!«

»Glaubst du, sie geht nie aufs Klo? Weil sie eine Göttin ist?«, fragt Corinna. »Ruf sie doch einfach an.«

»Ich habe sie noch nie angerufen!«

»Dann schreib ihr eine Mail. Ihr werdet ja wohl an der Musikschule eigene Mailadressen haben.«

»Und was soll ich ihr schreiben?«, fragt David.

»Ganz einfach«, antwortet Corinna, »so was in der Art: Liebe Mercedes! Du bist die wunderbarste Frau auf der ganzen

Welt. Dazu muss ich die anderen Milliarden gar nicht kennen. Und diese wunderbarste aller Frauen hat mir das Schicksal als Kollegin geschenkt.«

»Du hast dich ja völlig verbissen in diese Frau«, merkt David an.

»Na ja, hallo Merci, wir brauchen Eier, Schinken, Fleisch und ein Samsung-Ladekabel, das geht auch nicht.«

Corinna ist zu Davids Computer gegangen und hat das Mailprogramm geöffnet. »Na, sag schon … Mercedes de la Costa … da haben wir sie ja schon, @musikschule.net. Also. Liebe Mercedes!«

»Nein!«, ruft David.

»Doch, wir machen das jetzt!« Corinna klingt derart entschlossen, dass David ahnt: Widerstand wird zwecklos sein. Außerdem … wer weiß, vielleicht schadet es ja nicht. »Liebe ist übertrieben!«, sagt David. »Bitte nicht *liebe* Mercedes!«

»Hallo geht aber gar nicht«, sagt Corinna, und sie freut sich jetzt schon auf das Glas Wein, das ihre Bemühungen ihr einbringen werden, auf ihr Ladekabel und ein saftiges Schinkenbrot. »Hallo! Hallo sagt man zu … zu einer Kellnerin. Also, wir machen das anders … Liebe Mercedes de la Costa, wie Sie vielleicht wissen, befinden wir uns in einer Notsituation.«

»Ich«, korrigiert David. »Ich befinde mich in einer Notsituation.«

»Aber ich befinde mich noch viel mehr in einer Notsituation«, widerspricht Corinna.

»Ja, aber wenn sie glaubt, dass ich alleine bin, wird das ihr Mitleid mehr erregen. Außerdem sind wir per Du. Wir sind alle per Du in der Schule.« Corinna sieht David an. Vielleicht ist er ja doch nicht so naiv, wie ich gedacht habe, denkt sie.

Und auch, was ihr David in den folgenden Minuten diktiert, erinnert sie an die charmesprühenden und witzigen Chats mit ihm auf Tinder. Das kann er ganz gut, das kann er sogar sehr gut. Als sie fertig sind, liest sie ihm die ganze Mail noch einmal vor.

»Vier Flaschen Wein«, jammert David, »sie wird glauben, ich bin ein fleischfressender Alkoholiker.«

»Jeder Argentinier isst im Jahr mindestens zehn Rinder, und sie trinken dort unten nur Kaffee und Wein. Abschicken?«, fragt sie.

»Keine Rechtschreibfehler?«, fragt er.

»Mach ich nicht, weißt du doch«, gibt Corinna zurück. »Aber eventuell ein bisschen Gras könnte sie noch besorgen, deine Kollegin.«

»Corinna!«, ruft David aus. Aber Corinna hat das ohnehin nicht ernst gemeint. Das Geräusch der wegzischenden Mail lässt ihr Herz höher schlagen. Bald wird sie ein Ladekabel haben. Und Weißwein!

»Übrigens«, sagt David, »gib mal auf YouTube ein: *Heart and Soul*, Bea Wain. Mit a. Wain mit a.«

Corinna macht es. Eine junge, aparte Frau steht vor einer Big Band und singt ... im Jahr 1939! Corinna erkennt das Lied wieder, das David auf dem Klavier gespielt hat. Corinna ist von der Sängerin, der Erotik ihrer Stimme, von diesem hingebungsvollen Hauchen überwältigt. Sie fühlt, was sie singt. Sie wird zu dem, was sie singt. In jedem Augenblick. Das ist noch schöner als das Konzert von Mercedes. Das ist einfach – furchtbar. Furchtbar schön. Warum wird es ihr immer verwehrt bleiben, andere Menschen so zu berühren? Corinna beginnt unvermittelt zu weinen, in einer Mischung aus Rührung über die Musik und Selbstmitleid. Wie soll sie es jemals schaffen, noch zehn Tage in diesem Gefängnis zu überleben? Warum fühlt sie sich David – so nah und so fern? Und wann wird sie ihren Stolz aufgeben und fragen, was in der ersten Nacht passiert ist?

Tag 5/1:
Frischfleisch

Geantwortet hat sie noch nicht, und das macht David ein wenig Sorgen. War es aufdringlich, gar übergriffig, sich an seine Kollegin zu wenden? Mercedes. Mercedes de la Costa. David bewundert sie schon lange, und wenn er in sich hineinhorcht, muss er sich sogar eingestehen, dass »bewundern« ein Hilfsausdruck ist. Er himmelt sie geradezu an, aber genau darin besteht sein Problem, seit sie vor zwei Jahren hüftschwingend das Lehrerzimmer betreten hat: Der Himmel ist nun einmal sehr weit entfernt. Genau genommen unerreichbar.

David trainiert. Hanteln, Sit-ups, dann wieder Hanteln. Er macht das jeden Tag. Heute aber scheint es ihm notwendiger als sonst. Es besänftigt seine Unruhe. Wie soll er das noch zehn Tage lang aushalten? Corinnas Bett-Sofa ist vollkommen zerwühlt. Sie hat es geschafft, ihre paar Kleidungsstücke noch unordentlicher als am Vortag im Wohnzimmer zu verteilen: Schuhe, Jacke, Socken, Unterwäsche, Hose. Neben dem Bett liegt eine Packung Reiswaffeln. Natürlich hat sie beim Knabbern Krümel auf dem Teppich verloren. Den Geräuschen nach zu schließen duscht sie gerade. David ist schon gespannt, wie es danach im Badezimmer aussehen wird.

Zwischen den Trainingseinheiten wirft er immer wieder einen Blick auf seinen Laptop. Die Maßnahmen werden erneut verschärft. Die Infektionszahlen steigen. Die Wirtschaft bricht zusammen. Keine neuen Nachrichten von Mercedes.

Corinna tapst ins Wohnzimmer, in ein Handtuch gewickelt. Ihre Haare sind nass. »Ich habe nichts mehr zum Anziehen«, sagt sie.

»Also wenn ich mich so umsehe, ich würde einiges finden«, gibt David zurück.

»Das muss alles gewaschen werden. Ich kann doch nicht eine Woche lang dasselbe Zeug anziehen.«

Sie sieht auf den Kalender und erschrickt.

»Das ist aber nicht wahr!«, ruft sie aus.

»Was?«

»Es ist Tag fünf! Sag, dass Tag fünf ist!«

»Es ist Tag fünf«, sagt David mit einem Seufzer.

»Du hast das Blatt nicht abgerissen«, meint Corinna spitz, »ich wusste gar nicht, dass du so unordentlich sein kannst.«

»Das liegt vielleicht daran, dass ich das Konzept *Ordnung* aufgegeben habe, seit du hier wohnst.«

Corinna ist jetzt ehrlich verwundert: »Ich bin nicht unordentlich. Das *ist* meine Ordnung! Reiswaffeln schmecken übrigens wie Styropor.«

Mit vergnügt zur Schau gestellter übler Laune reißt Corinna das Blatt vom Kalender. Tag fünf.

»Das ist noch nicht einmal die Hälfte«, sagt sie. »Ich hoffe, ich drehe nicht durch.«

»Was das Durchdrehen betrifft, befinde ich mich bereits in einer Art Schleudergang«, gibt David zurück. »Apropos: Die Waschmaschine befindet sich im Badezimmer.«

David zeigt auf die Unordnung. Corinna dreht sich unbeeindruckt eine Zigarette.

»Ich wollte heute ohnehin waschen«, erklärt sie. »Aber ich versuche, es noch ein wenig hinauszuzögern, damit ich diesem Tag auch später noch etwas Sinn geben kann.«

»Das finde ich sehr ermutigend. Die Zahlen steigen übrigens weiter. Aber eine Spur weniger schnell, anscheinend. In England und in den USA fängt es jetzt auch an. In Italien hat es allein gestern vierhundertsiebzig Tote gegeben. Du könntest passende Dinge von mir mitwaschen, damit die Maschine voll wird.«

»Wir sollen unsere Wäsche gemeinsam waschen?«, fragt Corinna verwundert.

»Das wäre sparsamer«, antwortet David. »Ich wasche immer mit dreißig Grad, das hilft der Umwelt und ist gut für die Textilfasern. Und bitte pass mit den Farben auf. Weiß zu weiß, dunkel zu dunkel und hell zu hell. Ich verwende immer nur die Hälfte der angegebenen Waschmittelmenge, das reicht vollkommen.«

»Sonst noch was?«, will Corinna wissen.

»Den Wollpullover keinesfalls dazugeben«, erklärt David ernst. »Den grauen Wollpullover. Das ist mein Lieblingsstück. Den muss man separat waschen.«

Corinna geht kommentarlos auf den Balkon und raucht.

»Ist dir nicht kalt, nur mit dem Handtuch?«, fragt David und macht mit seinen Übungen weiter. Corinna schüttelt den Kopf. Als sie zurückkommt, sagt sie: »Das Shampoo ist übrigens aus. Müssen wir auf die nächste Liste für Merci schreiben. Hat sie schon geantwortet?«

»Nein. Und nenn sie nicht Merci, sie heißt Mercedes! Und warum um Gottes willen ist das Shampoo aus? Das hätte noch für drei Wochen gereicht.«

»Mädchen waschen sich vielleicht anders die Haare als Jungs? Übrigens, ich habe auch deinen Rasierer verwendet. Hab mir die Beine rasiert und so.«

»Und so?« David hebt die Augenbrauen. »Interessante Vorstellung!«

»Also nach allem, was war, dürfte das wohl auch keine Rolle mehr spielen«, sagt Corinna kryptisch.

»Wieso? Was war denn?«, gibt David den Unwissenden.

»Hast du das schon vergessen?«

»Nein. Ich habe es nicht vergessen. DU hast es vergessen!«

Davids Computer gibt ein tropfendes Geräusch von sich. David sieht nach.

»Sie hat geantwortet!«, ruft er aufgeregt.

Corinna geht zum Bildschirm. »Was hat sie geschrieben?«

»Meine Post!«, sagt David und dreht den Laptop weg.

»Die Antwort auf das, was ICH geschrieben habe«, insistiert Corinna.

David liest, und es fällt ihm schwer, seine Aufregung zu verbergen, worüber er sich ärgert.

»Na lies schon vor!« Corinna macht Druck. Das liegt einerseits an ihrer Hoffnung auf Schinken, Wein und Ladekabel, andererseits auch an Mercedes. Da ist etwas, mit ihr, mit David, Corinna hat ein untrügliches Gespür für solche Geschichten.

»Das klingt aber sehr nett!«, sagt David. Da ist etwas ziemlich Verzaubertes in seiner Stimme.

»David!« Corinna will jetzt endlich wissen, was Mercedes geantwortet hat.

»Pass auf, ich lese vor«, sagt David. »Lieber David!«

»Sie schreibt *Lieber*!«, ruft Corinna aus.

»Ja! Also: Lieber David! Danke für deine Nachricht, die mich ebenso bestürzt wie erfreut hat.«

»Sie kann gut Deutsch.«

»Also: Lieber David! Danke für deine Nachricht, die mich ebenso bestürzt wie erfreut hat. Bestürzt, weil es mir sehr leidtut, dass du nun so isoliert darauf warten musst, ob du krank wirst oder nicht. Das stelle ich mir furchtbar schlimm vor, in so einer Situation ganz allein zu sein.«

»Perfekt. Beschützerinstinkt und Muttergefühle sind aktiviert!«

»War wirklich gescheit, dich nicht zu erwähnen.«

»Jaja, mich lässt man am besten unter den Tisch fallen, das schadet nie.«

»Erfreut bin ich deshalb, weil ich helfen kann ...«, fährt David fort.

»... und weil wir uns näherkommen!«, führt Corinna zu Ende.

»Woher weißt du das?«

»Du kannst mir glauben, ich kenne Mädchen besser als du.«

»Erfreut bin ich deshalb, weil ich helfen kann und wir ausgerechnet in dieser kontaktlosen Zeit Kontakt knüpfen können«, liest David weiter.

»Oh! Sie lehnt sich weit raus!«

»Glaubst du, sie will wirklich Kontakt knüpfen? Ganz echt wirklich?«

»David! Das ist eine Riesen-Mega-Einladung dazu!«

David ertappt sich dabei, erschrocken zu sein. »Aber was soll das heißen?«, fragt er. »Was soll ich denn tun?«

»Lies einfach mal weiter.«

»Sehr gerne stelle ich die Einkäufe heute Nachmittag vor die Tür. Der Wein ist nicht teuer, aber gut, ich trink den auch gerne. Ich hoffe, ich bringe das richtige Fleisch, davon brauchst du nämlich ganz schön viel.« Da macht sie einen Smiley, erklärt David und liest weiter: »Ich persönlich bin Vegetarierin, was in Argentinien nicht sehr oft vorkommt. Außerdem Nichtraucherin, aber den Tabak lege ich natürlich auch dazu.«

David sieht Corinna vorwurfsvoll an: »Du vermasselst mir alles mit deinem Schinken und deiner Raucherei!«

Corinna lacht. David liest weiter: »Ein altes Samsung-Ladekabel habe ich leider nicht, weil ich alle Geräte von Apple habe.« Er sieht Corinna an, als hätte Steve Jobs persönlich aus dem Jenseits interveniert, um diese seltene Fügung herbeizuführen: »Sie hat auch alles von Apple!«

»Ist ja eine feine Gegend hier«, gibt Corinna trocken zurück.

David liest weiter: »Mist, dass dein Kabel ausgerechnet jetzt kaputtgegangen ist. Ich kann gerne im Handyshop vorbeischauen. Wegen des Bezahlens mach dir keinen Kopf. Ich leg dir die Rechnung dazu, und du gibst mir das Geld irgendwann. Du wirst ja sicher noch mehr brauchen, du Armer … Also, ich klingle einfach und stell den Karton vor die Tür. Freu mich, von dir zu hören. Herzliche Grüße, Mercedes.« David sieht Corinna in die Augen: »Herzlich! Herzliche Grüße, hat sie geschrieben!«

»Ich freu mich auf ein herzhaftes Stück Schinken«, sagt Corinna.

»Und ich freu mich auf Nachmittag! Das wird …«

Corinna lacht von Herzen: »Ja, David, das wird sicher ein ganz tolles Date!«

Tag 5/2:
Nackt

Es ist Corinna seltsam vorgekommen, ihre Kleidung gemeinsam mit der von David zu waschen. Sehr intim irgendwie.
Beim Aufhängen der Wäsche hat sie sich gefühlt, als wäre sie
seit Jahren mit ihm verheiratet. Diese Empfindung hat sich allerdings verflüchtigt, als David Teile seiner Kleidung vom
Wäscheständer genommen und nach seiner Art aufgehängt
hat, als ob es wichtig wäre, dass Socken paarweise nebeneinander trocknen.

Nun liegt Corinna auf dem Sofa, mit der Decke bedeckt,
und liest eine Biografie über Edith Piaf, die sie in Davids spärli-
cher Büchersammlung gefunden hat. Neben dem Sofa stapeln
sich Teller, Gläser, leere Packungen von Reiswaffeln und Hirseflocken, außerdem liegen noch ihre Schuhe und ihre Jacke auf
dem Boden. David geht aufgeregt auf und ab.

»Corinna, du hast mir versprochen, aufzuräumen!«

»Mach ich gleich.«

»Das sagst du seit einer Stunde!«

Corinna sieht von ihrem Buch auf. »David, es gibt Eltern,
die hören dieses *Mach ich gleich* achtzehn Jahre lang. Und dann
ziehen ihre Kinder aus und lassen ein versautes Kinderzim-
mer zurück.«

»Was willst du mir damit sagen?«, fragt David.

»Dass eine Stunde nicht lang ist. Genau genommen habe
ich noch neun Tage Zeit, um aufzuräumen!«

»Aber sie kann jederzeit da sein!«

»Wer?«

»Mercedes!«

»Und?«

»Und dann wird sie dieses totale Chaos hier sehen und denken, ich bin ein Messi!«

»Welches Chaos?«

»Die Schuhe … die Jacke … die verfaulte Pizza! Die Socken, das Höschen und den BH!«

Corinna winkt mit ihren Füßen unter der Decke hervor und sieht David amüsiert an: »Jetzt verstehe ich. Du hast Angst, dass sie MICH sieht!«

»Nein, nicht direkt, aber jetzt glaubt sie schon, dass ich rauche und Fleisch esse …«

»… und dass du *nur* ein Samsung-Handy hast …«

»… und meine Wäsche rumhängen lasse … Vielleicht glaubt sie, ich verkleide mich als Frau! Ja, ganz sicher, sie wird glauben, ich bin ein Perverser!«

»Und was soll ich machen?«

»Ordnung!«

»Wenn ich jetzt beginne, Ordnung zu machen, wird sie erst recht glauben, du bist ein Perverser!«, ruft Corinna aus.

»Warum?«

»Weil ich nackt bin! Was daran liegt, dass meine Wäsche fein säuberlich und ordentlich hier hängt und trocknet! Hirseflocken sehen übrigens aus wie Verpackungsmaterial. Und sie schmecken auch so.«

Es läutet an der Tür.

»Um Gottes willen, das ist sie!«, ruft David aus. Corinna hat große Freude daran, dass er herumrennt wie ein aufgescheuchtes Huhn.

»Warte«, sagt sie und nimmt bedrohlich die Decke in die Hand, »ich spring auf und öffne.«

»Das wirst du nicht tun!«, schreit David, während er Corinnas Schuhe wegräumt und ihre Jacke aufhängt. Er nimmt den Wäscheständer, weiß aber nicht, wohin damit, versteckt ihn hinter dem Klavier und verteilt dann den *Erzengel-Michael-Energie-Transformations-Spray* im Zimmer. Corinna sieht ihm fassungslos zu.

»Du wirst sie ja wohl nicht hereinbitten? Du hast nicht mal eine Schutzmaske.«

David schnappt sich Corinnas T-Shirt vom Wäscheständer, bindet es sich vor Mund und Nase, atmet tief durch und geht Richtung Tür. Im Vorbeigehen zieht er Corinna die Decke über das Gesicht.

»Du bleibst hier liegen und gibst keinen Ton von dir!«

Er geht zur Eingangstür, öffnet sie – und kommt mit einem länglichen Paket zurück. Corinna bleibt unter der Decke versteckt. »Huhuh«, macht sie, »ich bin ein Gespenst.«

»Sehr lustig.« David klingt enttäuscht. »Das war gar nicht Mercedes. Das war der Paketdienst.«

»Hat er bei der Tür reingesehen?«, fragt Corinna durch die Decke.

»Nein. Hat das nur abgestellt. War schon weg.«

»Gott sei Dank. Sonst hätte er vielleicht geglaubt, du versteckst eine Leiche.«

»Kein Wunder. Von deiner Pizza geht Verwesungsgeruch aus.«

»Ist die Wäsche halbwegs trocken?«

»Ja«, antwortet David, nimmt das T-Shirt von seinem Gesicht und hängt es wieder auf.

»Dann erhebe ich mich nun und kleide mich an«, deklamiert Corinna. David steht versonnen da und blickt ins Leere.

»David?«

»Ja?«

»Möchtest du vielleicht aus dem Zimmer gehen?«

»Ja, klar«, antwortet David und macht sich auf den Weg in die Küche.

Corinna wirft die Decke auf den Boden, begräbt erfolgreich die Reste der Hirseflocken darunter und zieht sich an. Währenddessen begutachtet sie das längliche Paket, das soeben geliefert wurde. Sie kann aber nicht erkennen, was sich darin befindet.

Tag 5/3:
Müll

Corinna ist regelrecht süchtig geworden nach der Melodie von *Heart and Soul*. Nicht nur den betörenden Gesang von Bea Wain hat sie sich mindestens siebenmal angehört, sondern auch zahlreiche andere Aufnahmen, die sie im Internet gefunden hat: Klaviertutorials von unterschiedlichem Niveau, aber auch Interpretationen blutjunger Mädels, die großartig Klavier spielen und ausgezeichnet singen, was Corinna darin bestätigt, ihre eigenen Ambitionen in diese Richtung aufgegeben zu haben: Da draußen gibt es Hunderte, was heißt, Tausende, wenn nicht Millionen junger Frauen, die besser singen, besser Klavier spielen und besser aussehen als sie.

Ein YouTube-Video läuft: Zu sehen und zu hören eine dieser jungen Frauen, die *Heart and Soul* mit einer so lässigen, rauchigen, sicheren Stimme vortragen. Corinna deckt den Tisch. Sie bemüht sich, das möglichst perfekt zu machen, immerhin hat sie als Kellnerin eine ziemliche Routine darin. Heute ist ein Festtag: endlich wieder etwas anderes zu futtern als Styroporflocken und Milchersatz! Tatsächlich hat Mercedes den Einkauf vor die Tür gestellt, und David war süß, da er seine Enttäuschung darüber, dass er den Augenblick der Lieferung versäumt hat, schwer verbergen konnte. Als tröstlich hat er empfunden, dass ihm seine Kollegin eine Packung *Mon Chéri* in die abgestellte Kiste gelegt hat. David kann *Mon Chéri* zwar nicht ausstehen, aber Corinna hat ihm Mut gemacht, dass es sich um ein weiteres Zeichen der Annäherung handle, denn *Mon Chéri* bedeute *Mein Liebling*, und genau das wolle ihm Mercedes damit sagen, sonst hätte sie ihm ja auch eine Packung *Bounty* oder *Mars* zu den Einkäufen geben können.

Corinna richtet Baguette, Humus, Tomaten, Käse, Schinken und Salami auf einer Platte an, garniert mit ein paar Basilikumblättern, denn auch eine Basilikumpflanze hat Mercedes gekauft. Nett ist sie also auch noch, denkt Corinna und wundert sich, dass sie das missmutig stimmt. Sie faltet die beiden Servietten themengerecht zu einer Krone. So sieht ja angeblich auch dieses bescheuerte Virus aus. Sie wirft einen Blick über den fertig gedeckten Tisch. Schön. Vor allem die Weingläser machen ihr Hoffnung: Endlich wieder Alkohol!

Sie beobachtet David, der inzwischen Poster aufhängt: die kleine Überraschung, die sich in dem länglichen Paket befunden hat. Es sind ziemlich hochwertige Reproduktionen dreier Bilder von Edward Hopper: *Morning Sun, Two Comedians, Nighthawks*. Zwecklose Dinge konnten anscheinend schneller geliefert werden als lebensnotwendige.

»Sie passen gar nicht zu dir, diese Bilder«, sagt sie.

»Ich hab' sie auch für dich besorgt«, erklärt David. »Damit du dich wohler fühlst.«

Er tritt einen Schritt zurück und betrachtet die Poster: eine einsame Frau in einem Zimmer, ein altes Paar auf einer leeren Bühne, Leute in einer Bar, die Abstand voneinander halten und ins Leere schauen. »Wenn man das so ansieht«, sagt David, »denkt man, er hat Corona gemalt. Schon vor siebzig Jahren hat er Corona gemalt. Die Menschen … sie sind entweder allein in einem Raum … oder wenn sie zusammen sind, dann halten sie Abstand. Ist dir das aufgefallen? Da ist immer ein Meter Abstand zwischen allen!«

Corinna lächelt: »Du hast einen süßen Hintern, David«, sagt sie.

David ärgert sich, weil er spürt, wie er errötet. »Aha, danke. Du bist dafür Weltmeisterin im abrupten Themenwechsel.«

»Weißt du, was ich jetzt mache?«, fragt Corinna.

»Lass mich raten … Essen?«

»Für unseren romantischen Abend.«

»Kerzenlicht?«, schlägt David vor.

»Den Müll runtertragen«, sagt Corinna.

»Das ist nicht erlaubt.«

»Dann musst du ihn Mercedes mitgeben.«

»Das ist nicht zumutbar.«

»Dann sag mir, was wir damit machen«, sagt Corinna. »Er stinkt! Wirklich. Und das ist meine Schuld. Und mich kennt niemand im Haus, das wird niemandem auffallen, wenn ich die Quarantäne für eine Minute unterbreche. Die Container sind doch im Innenhof?«

»Du brauchst den Schlüssel. Die Container sind im Raum rechts. Der Schlüssel hängt am Wohnungsschlüssel an der Tür.«

»Okay«, sagt Corinna cool.

»Aber wenn der Typ vom Gesundheitsamt kommt? Und du bist nicht da? Oder läufst ihm in die Arme?«, gibt David zu bedenken.

»Ist der jemals wieder aufgetaucht? Die haben doch anderes zu tun!«, meint Corinna.

»Oder die Polizei?«

»David. Wir leben ja nicht in der DDR.«

»Manchmal bin ich mir nicht mehr so sicher. Die Verräter lauern überall.«

»Mach dir nicht ins Hemd«, sagt Corinna. »Ich bin in einer Minute wieder da.«

Sie zündet die Kerze an. Alles bereit für einen Abend zu zweit. So schön der Gedanke an frischen Schinken und knuspriges Brot und ein romantisches Dinner mit einem ebenso frischen und knackigen Mann auch sein mochte – gleichzeitig verdross er Corinna. Was sollte das? Sich mit ein paar Vergnügungen hinwegtrösten über vierzehn Tage Quarantäne? Sich irgendwelche Hoffnungen machen, wo sie doch gegen diese Mercedes ohnehin nicht die geringste Chance hatte, weil die andere schöner, interessanter, fleißiger, erfolgreicher, begabter, eben einfach toller ist?

Corinna nimmt die Müllsäcke, mittlerweile sind es zwei, zieht Jacke und Schuhe an, nimmt den Schlüssel und geht hinaus.

David hängt das letzte Bild auf. *Two Comedians*. Er sieht es lange an. Zwei alte Schauspieler, ein Mann und eine Frau, in stilisierten weißen Kostümen. Sie trägt ein Kopftuch, er einen Hut. Sie stehen Hand in Hand auf einer Bühne und verbeugen sich, aber zögerlich, als wäre ihnen das Spektakel irgendwie peinlich. David klappt seinen Laptop auf und liest nach. Hopper hat das Bild gemalt, als er dreiundachtzig Jahre alt war. Er hat angeblich seine Frau und sich selbst als Darsteller einer göttlichen Komödie abgebildet. Zwei alte Menschen, die den Schlussapplaus entgegennehmen. Ein Abschied von der Lebensbühne. Ein Jahr später war Hopper tot.

Wann ist Corinna gegangen?, fragt sich David und sieht auf sein Handy. Müsste sie nicht schon längst wieder hier sein? Er schaut beim Balkon hinunter. Nichts, die Straße ist vollkommen menschenleer. Als hätte Edward Hopper sie gemalt.

David macht die Musik aus, genug *Heart and Soul* für heute. Wie still es ist. Corinna ist verschwunden. Sie müsste längst wieder da sein, auch wenn sie den Müllraum nicht gleich gefunden hat. Er geht auf den Flur, lauscht. Nichts. Ob ihr etwas zugestoßen ist? Aber was sollte ihr passieren? In diesem Teil der Stadt gibt es keine Verbrechen. Er setzt sich ans Klavier, spielt ein paar Takte, aber das macht ihn nur nervöser. Er sieht beim Fenster hinaus und wieder auf sein Handy, als ob er dort irgendetwas ablesen könnte. David geht zu seinem Kleiderschrank, nimmt einen Schal und wickelt diesen um Kopf, Nase und Mund. Er schnappt sich den Ersatzschlüssel, verlässt die Wohnung und läuft die Treppen hinunter in den Hof. Nichts. Keine Corinna. Der Lift? Der ist auch nicht stecken geblieben. Der Raum mit den Müllcontainern ist versperrt. Davids Hände zittern ein bisschen, als er seinen Schlüssel an das Loch führt und die Tür öffnet. Das automatische Licht geht an. »Corinna? Corinna!« Nichts. Er öffnet den ersten Container: Da liegt er, in gelben Beuteln, der stinkende Pizza-Müll.

David sperrt wieder ab und schleicht in seine Wohnung zurück. Er geht auf den Balkon, sieht hinunter. Eine Katze überquert träge die Straße. Er würde am liebsten laut schreien: »Corinna!« So laut, dass es durch die leeren Straßen der Stadt hallt. »Corinna!«

David geht ins Wohnzimmer, sieht auf sein Handy. Das von Corinna liegt neben seinem, sie hat es nicht mitgenommen, wozu auch, es hat keinen Strom mehr. Sie wird doch wiederkommen? Sie kann doch nicht einfach so verschwinden! Sorge und Ärger verschwimmen in David zu einem Gefühl des Verlassenseins. Er nimmt das Baguette in die Hand. Legt es wieder zurück. Er isst eine Tomate und bläst die Kerze aus. David legt sich auf das Sofa, wirft sich Corinnas Decke über und starrt an den Plafond.

Tag 6:
Erwachen

David erwacht von seinem eigenen Schnarchen, das passiert ihm immer wieder, wenn er auf dem Rücken liegt. Da war doch etwas ... da war doch irgendetwas nicht in Ordnung? Erschrocken setzt er sich auf dem Sofa auf, die Beine angewinkelt: Richtig, Corinna ist weg. Verschwunden. Durch die Balkontür scheint ihm die Morgensonne direkt ins Gesicht. Der Himmel ist unverschämt unschuldig blau. Besser spiegelt seinen Gemütszustand die desolate Hausfassade gegenüber. Sein Blick fällt auf die neuen Bilder an der Wand, und er bemerkt, dass seine Sitzhaltung und sein Ausblick genauso aussehen wie auf dem Bild *Morning Sun*, nur dass er ein einsamer Mann ist und keine einsame Frau. David tut sich selbst einen Augenblick lang furchtbar leid, dann ärgert er sich wieder. Typisch Corinna! Die stellt sich sogar dann in den Mittelpunkt, wenn sie gar nicht da ist!

David beschließt, jetzt nicht in Jammern und Selbstmitleid zu verfallen. Er springt auf, geht auf den Balkon, sieht hinunter. Ein paar Menschen stehen vor der kleinen Bäckerei Schlange. Corinna ist nicht darunter. David geht zum gedeckten, unberührten Tisch, bricht ein Stück vom Brot ab und kaut lustlos darauf herum, während er das Kalenderblatt abreißt. Tag 6.

Er öffnet seinen Laptop. Eine Nachricht von der Schule: David soll Videounterricht organisieren, vor allem für die Jüngeren. Hunderte Tote in Italien. Sprunghafter Anstieg der Neuinfektionen in den USA.

Und was, wenn Corinna etwas zugestoßen ist? Man hört ja, dass jetzt bereits ein paar Leute im Lockdown austicken! Er sollte nachsehen, vielleicht liegt ihre Leiche in einem der Müllcontainer, in die er nicht hineingeschaut hat?

Noch strengere Maßnahmen in Deutschland. Ein Hunderteinjähriger verlässt geheilt das Spital. Und was, wenn Corinna krank geworden ist? In einem Spital auf der Intensivstation liegt? Ihre Tasche ist hier, ihr Handy ist hier, sie kann sich bei niemandem melden, und niemand weiß, wer sie ist!

Und wie soll das funktionieren, Klavierunterricht per Video? Er muss sich etwas einfallen lassen, den Jugendlichen irgendeine spannende Aufgabe geben. Vielleicht ein gemeinsames Konzert oder so etwas? Aber der Gedanke daran erfreut ihn nicht. Wo ist Corinna? Warum tut sie ihm das an? Sie wird doch nicht ... sich selbst etwas angetan haben?

Mit einem Seufzen wendet sich David vom Bildschirm ab, dreht sich um und stößt mit jemandem zusammen.

»Corinna!«

»Sorry, ich wollte dich nicht erschrecken!«

»Corinna! Wie ... wo ... wo kommst du denn her?«

»Schon mal was von Beamen gehört, Captain Kirk?«

»Im Ernst jetzt! Corinna! Sowas darfst du nicht machen!«

»Ich weiß, die Gesetze ...«

Jetzt wird David richtig laut: »Nicht wegen der Gesetze! Wegen mir! Meinetwegen darfst du so etwas nicht machen! Ich habe mir Sorgen gemacht, Corinna!«

Erst nach dem Erschrecken wird David von einem Gefühl der Erleichterung überschwemmt, und er spürt, dass seine Augen feucht werden. Als die erste Träne über seine Wange läuft, möchte er das vor Corinna verbergen, also umarmt er sie und drückt sie ganz fest an sich, und das fühlt sich gut an, so warm und weich und lebendig. Seine Tränen fließen weiter, er wird es nicht verbergen können, macht ja auch nichts. Er löst sich von Corinna, nimmt eine der gefalteten Servietten vom Tisch, wischt sich die Tränen ab und schnäuzt sich.

»David …«, flüstert Corinna. Sie ist sehr gerührt von Davids emotionalem Ausbruch. Hätte sie ihm gar nicht zugetraut. Sie weint nicht so leicht, und wenn, so musste sie sich eingestehen, weint sie nicht aus Empathie, sondern aus Selbstmitleid.

»Wo warst du?«, fragt David, ein Schluchzen wegräuspernd.

»Also wie ich heimgekommen bin, hat es nicht so gewirkt, als würdest du dir Sorgen machen«, antwortet Corinna. »Da hat es eher so gewirkt, als würdest du sehr tief und selig schlafen.«

»Du kannst doch nicht einfach so verschwinden!«

»Warum nicht?«, fragt Corinna.

»Weil ich mir Sorgen um dich gemacht habe!«

»Warum hast du dir Sorgen um mich gemacht?«

»Weil ich dich mag, du störrisches, wildes, unberechenbares Mädchen du!«

Das gefällt Corinna, und es schmeichelt ihr, und eigentlich würde sie sich jetzt gerne an Davids Hals werfen und ihn umarmen und vielleicht sogar küssen, denn die Umarmung vorhin hat sich wahnsinnig gut angefühlt … Corinna hat sich so beschützt und geliebt und geborgen gewähnt, ein Gefühl, das sie wie eine Süchtige schon ihr halbes Leben lang sucht, aber wie alle suchenden Süchtigen findet sie stattdessen irgendeinen Mist. Oder einen Scheißkerl.

»Ich mag dich doch auch, du emotionaler, braver, verlässlicher Junge du!« David seufzt, und Corinna fragt: »Wird das jetzt eine Corona-Romanze, oder was?«

»Nein, keine Sorge«, sagt David, der sich wieder halbwegs gefangen hat. »Es ist nur ... Also ich habe in den paar Stunden bemerkt: Besser als allein zu sein, ist es, mit dir zu sein.«

»Ich glaube nicht, dass ich jemals eine schönere Liebeserklärung bekommen habe«, gibt Corinna zurück.

»Wo warst du?«, will David wissen.

»Im Schlafzimmer«, antwortet Corinna.

»Warum?« David kennt sich nicht aus.

»Weil ich versucht habe zu schlafen?«

»Warum hast du nicht ...«

Corinna unterbricht ihn: »Ich konnte mich ja schlecht auf dich legen.«

»Wann bist du heimgekommen?«

Corinna lacht. Diese Frage erinnert sie doch zu sehr an ihre Mutter und die Zeit vor fünfzehn Jahren.

»Vielleicht leben wir doch in der DDR«, sagt sie.

»Im Ernst, wann?«

Corinna holt die Antwort hervor, die sie auch ihrer Mutter immer gegeben hatte: »Um kurz nach halb.«

»WAS hast du gemacht?«

Corinna überlegt. Tatsächlich hat sie davon fantasiert, Mercedes auf der Straße zu treffen und mit ihr zu reden, aber warum eigentlich? Um einfach nur – *anwesend* zu sein? So irgendwas. Jetzt kommt es ihr vor wie die irre Welt eines Traums, und es war ja auch ein Traum, ein Tagtraum freilich, den sie sich aus wahrscheinlich nicht ganz hehren Motiven ausgedacht hat.

»Ich habe zufällig deine Kollegin getroffen, sie wohnt ja gleich ums Eck. Ist wirklich eine Nette, die Mercedes. Wir sind dann spazieren gegangen und ...«

»Was?« David ist fassungslos.

»Ich habe ihr alles erzählt«, fährt Corinna fort, »von unserem

Tinder-Match, dass es zuerst nicht so gut ausgesehen hat zwischen uns beiden, aber dass du mich insgeheim sehr bewunderst und sehr schön findest ...«

»Du hast was?«

»... dass du vor allem meinen Humor sehr zu schätzen weißt und dass diese Quarantäne eine Riesenchance für uns beide ist ... Wir könnten, hab' ich ihr gesagt, durchaus so etwas werden wie – Partner fürs Leben ...«

»Hast du nicht!«, ruft David aus, und Corinna ist ein bisschen irritiert darüber, dass dieser kleine ironische Versuchsballon, den sie hat steigen lassen, sofort an Davids Fassungslosigkeit zerplatzt ist. Sie fährt fort: »Mercedes hat zuerst ein bisschen traurig gewirkt, aber ich glaube, insgeheim freut sie sich sehr für uns.«

»Corinna?« David lacht jetzt, aber so ganz sicher ist er sich noch nicht. Offensichtlich, denkt Corinna, traut er mir wirklich alles zu.

Sie dreht sich eine Zigarette, genießt die kleine Fortsetzung der Ungewissheit, und dann sagt sie: »David! Verdammt nochmal, David! Ich habe das hier einfach nicht mehr ausgehalten! Diese Enge ... wir zwei ... diese Ordnung! Und die Bilder!«

»Die Bilder?«, fragt David. »Die waren doch nur nett gemeint.«

»Aber genau das ist es ja, David«, ruft Corinna aus, »was heißt nett, das ist superlieb, aber ich ... ich verdiene das gar nicht, das ... das macht mich befangen! Und in dem Augenblick, als ich bei der Tür raus war, hatte ich ein derart intensives Gefühl von ... Freiheit!«

David versucht, in ihrem Gesicht zu lesen: »Freiheit? Bei den Müllcontainern?«

»Einfach draußen sein, weg sein, allein sein, ich sein«, sagt Corinna und spürt, dass sie weinerlich wird, »ich bin gelaufen und gelaufen und gelaufen, einfach durch die Straßen, kreuz und quer, durch die Parks, hinunter zum Fluss … Wenn ich Polizei gesehen habe, bin ich in Hauseingängen verschwunden, dann weiter, immer weiter … Ich hatte Hunger und Durst … Aber es gibt ja nichts! Nichts! Alles zu! Ich hatte sowieso kein Geld mit. Ich bin dann im Park unten gelandet und habe mich auf eine Bank gesetzt. Ich war der einzige Mensch weit und breit, und es war …« Corinna bemerkt, dass sie langsam zu schluchzen beginnt. Schon wieder dieses Selbstmitleid! »Ich meine, wo sollte ich denn hin? Ich kann doch nicht zu einer Freundin? Was, wenn ich es wirklich habe? Oder zu meiner Mutter!«

»Also bist du zurückgekommen.«

»Ich … Es hat mir auch leidgetan, wegen dir. Dass ich einfach weg bin. Ich … hatte irgendwie auch … Sehnsucht. Ach, ich kann so eine blöde Zicke sein!«

David ist ein bisschen ratlos angesichts dieses ersten echten Gefühlsausbruchs von Corinna. Das erste Mal seit sechs Tagen ahnt er, wie sie wirklich ist. Allerdings weiß er nicht, was er damit anfangen soll.

Er setzt sich ans Klavier und spielt die ersten Takte von *Heart and Soul* und sieht Corinna ermunternd an. Die summt zögerlich ein paar Takte mit, so übernächtigt und verzweifelt ist sie, hört aber dann auf, als sie bemerkt, was sie tut. »Hör auf, David, hör auf damit! David!«

David hört auf zu spielen. Er geht zu Corinna, sieht ihr in die Augen. Sie erwidert den Blick. Lange.

»Corinna … was wird das?«, fragt er ruhig. »Wie soll das weitergehen mit uns?«

»Ich weiß es nicht!«, antwortet Corinna. »Aber vielleicht weißt es du?«

Klar ist das eine Aufforderung, denkt David, aber genau so etwas macht ihm irgendwie – Angst? Ist das Angst oder ist das nur ... Was lässt ihn immer wieder zögern? Was ist es bloß, dieses Unentschlossene? Seine Mutter führt es auf sein Sternzeichen zurück, ein Schritt vor, zwei Schritte zurück, so macht das der Krebs ... Aber er kann sich doch jetzt auf nichts einlassen! Er muss noch eine ganze Woche mit Corinna verbringen. So viel Verbindlichkeit hat er in seinem Leben noch nie aufgebracht.

»Was soll ich denn wissen?«, fragt er mit gespielter Hilflosigkeit und fügt hinzu: »Du warst es, die vor dem *romantischen Abend* geflüchtet ist!«

»Vielleicht wäre er gar nicht romantisch geworden?!«, gibt Corinna zurück.

»Das wirst du nie erfahren«, sagt David.

»Ist vielleicht besser so!«

»Was bist du im Sternzeichen?«

»Dackel, Aszendent Frosch.«

»Corinna! Wovor hast du solche Angst?«

Corinna lässt sich entmutigt auf das Sofa fallen. »Ich habe Hunger«, sagt sie.

»Du hast mir nicht geantwortet! Wie immer!«

»Jeder hat Angst!«, ruft Corinna. »Du hast doch auch Angst, dass deine ganze herrliche Ordnung hier durcheinandergebracht wird und dein ganzes Leben und dass du die Kontrolle verlierst über was auch immer du für wert befindest, unter Kontrolle gehalten zu werden!!«

»Iss was«, sagt David ruhig. Das war ihm jetzt zu viel Ausbruch. »Du unterzuckerst gerade. Alles fast unberührt.«

Corinna erhebt sich vom Sofa und geht zum gedeckten Tisch.

»Hatten wir jetzt eine Krise?«, fragt sie und schiebt sich eine Tomate in den Mund.

»Sieht fast so aus«, antwortet David. »Und die nächste Krise bekomme ich, wenn ich mir deinen Schinken ansehe. Der ist total verdorrt und ... stinkt schon wieder.«

»Oh, sorry«, sagt Corinna. »Ist aber kein Problem. Ich geh mal kurz runter zu den Müllcontainern ... Bin in einer Minute wieder da!«

Tag 7/1:
Blattschwanz-Geckos

Auf dem Kalender prangt die Nummer 7: Immerhin Halbzeit, murmelt Corinna, als sie auf den Balkon geht. Sie atmet die kühle Morgenluft ein. Wie frisch gewaschen riecht dieser Tag. Sie zündet sich mit uneingestandenem Widerwillen eine Zigarette an. Die Sonne hat es gerade geschafft, sich über die Kronen der Bäume im Park zu erheben, die Vögel jubilieren dazu. Wie gemein die Natur ist, zwitschert es in Corinnas Kopf: zuerst dieses Virus schicken und dann einen auf Frühling machen und so tun, als wäre nichts passiert. Corinna ist schon klar, dass dieser Gedanke aus verschiedenen Gründen nicht besonders intelligent ist und möglicherweise ihrem Neid entspringt. Auch sie würde gerne so tun, als wäre nichts passiert. In den Park gehen, Leute treffen, die Sonne genießen. Corinna hat es schon immer gehasst, den Tag durchgehend in geschlossenen Räumen zu verbringen, wenn draußen vor der Tür die Welt im Sonnenlicht erstrahlt. Was auch erklärt, warum sie sich für Bürojobs nine to five stets ungeeignet gefühlt hat, was wiederum ihre Mutter möglicherweise nicht ganz zu Unrecht als weltfremd oder gar überheblich bezeichnet.

David hat sein MacBook auf das Klavier gestellt und liest vor: »Die Schutzmaskenpflicht wird weiterhin diskutiert. Möglicherweise müssen wir überall eine Schutzmaske tragen. Ausgenommen sind Banküberfälle ... In Italien gibt es einen Hoffnungsschimmer. Gestern nur noch vierhundert Tote ...

In Frankreich sind über zehn Millionen Menschen zur Kurzarbeit angemeldet. Zehn Millionen, stell dir das mal vor! Den Bayern wird das Starkbier zum Verhängnis. Die meisten Ansteckungen gab es bei Starkbierfesten. Apropos, das ist gut, schon gehört? Allein zu Hause trinken 2019: asozial, Versager, gestört … Allein zu Hause trinken 2020: rücksichtsvoll, verantwortungsbewusst, Held. Oder das hier, die neue Gin-Diät: Verlieren Sie drei Tage in einer Woche!«

Corinna lacht. »Oh ja. Diese Diät wäre genau die richtige. Langsam geht es mir wie dem Virus. Ich brauche einen Wirt.«

David verzieht das Gesicht, der Witz macht im Internet zu oft die Runde.

»Nein wirklich, David, ich bin jetzt schon« – Corinna blickt auf den Kalender – »eine Woche so gut wie abstinent, wenn man von den paar Gläsern gestern Abend absieht.«

Den Vorabend haben Corinna und David damit verbracht, trockenes Baguette mit Käse zu essen und Corona-Sendungen anzusehen, wobei sie der Dauer-Alarmismus, verbreitet von den öffentlich-rechtlichen Sendern, genauso genervt hat wie das ständig wiedergekäute *es ist ja nur eine Grippe wie jede andere* bei so manchem Privatanbieter.

»Wir müssen deiner Kollegin schreiben, dass wir mehr Wein brauchen«, gibt sich Corinna beharrlich.

»Wir haben noch eine Flasche.«

»Eine Flasche! Das ist nichts. Schau dich doch auf Facebook um! Da ist niemand ohne Glas in der Hand. Alle in diesem Land sind zu Alkoholikern geworden.«

»Waren sie immer schon.«

»Aber jetzt verheimlicht es niemand mehr.«

»Saufen hilft auch nicht gegen das Virus«, meint David.

»Aber gegen die Angst«, gibt Corinna zurück.

»Du hast Angst vor Covid?«, fragt David.

»Nein«, antwortet Corinna, »aber davor, was es mit uns allen macht.«

»Ich möchte das lieber nüchtern betrachten«, sagt David.

»Ich nicht«, gibt Corinna zurück und fügt hinzu: »Außerdem freu ich mich auf mein Steak heute Abend.«

»Es gibt Studien, wonach Fleischkonsum aggressiv macht.«

»Ich darf dich von wegen Aggressivität daran erinnern, dass Hitler Vegetarier war«, sagt Corinna.

»Was erstens Quatsch ist und zweitens vor allem mit seinen Verdauungsproblemen zu tun hatte«, erklärt David.

Corinna kommt vom Balkon ins Wohnzimmer. »Darf ich dich etwas sehr Intimes fragen?«

»Ich denke, das ist angesichts unserer Situation auch schon egal«, antwortet David.

»Haben Veganerinnen eigentlich Oralsex?«, fragt Corinna.

David sieht sie fassungslos an. Corinna erklärt: »Ich meine, da hat man doch auch ein Stück Fleisch im Mund … und im schlimmsten Fall tötet man Millionen kleiner Lebewesen.«

David klappt seinen Laptop zu. »Könntest du vielleicht aufhören, meine ganze Persönlichkeit darauf zu reduzieren, dass ich keine Tiere esse?«

»Aber sonst weiß ich nicht viel von dir. Außer, dass du nicht Klavier spielen willst.«

»Weil DU nicht singen willst.«

»Ich brauche außerdem irgendwas Neues zum Anziehen!«, sagt Corinna. »Und ein Ladekabel, das hat sie nicht gekauft! Mein Handy ist mausetot!«

»Du kannst …«

»Ich weiß, aber ich habe auch andere soziale Bedürfnisse, als meine Mutter von deinem Handy anzurufen!«

David lacht, und Corinna fährt fort: »Wir schreiben der Kollegin.«

»Schon wieder? Nach dieser flapsigen Antwort auf meine überschwängliche Dankesmail?«

»Ich hab' dir noch gesagt, du sollst dich nicht so übertrieben bedanken! Und wie genau lautete die *flapsige Antwort*?«

David öffnet das Mailprogramm und liest: »*Bitte. Hab' ich gern gemacht. Aus. Sonst gar nichts.*«

»Sehr gut«, sagt Corinna.

»Was daran ist *sehr gut*?«

»Sie wirft ihre Angel aus.«

»Was? Wie bitte?« Das versteht David nun wirklich nicht.

»Sie schreibt so kurz, um cool zu bleiben«, meint Corinna. »Um sich bedeckt zu halten.«

»Und was daran soll gut sein?«, will David wissen.

Corinna erklärt: »Wenn sie geschrieben hätte: *Ach, mein lieber David, das mache ich so wahnsinnig gern, ganz besonders für dich, und du kannst es jederzeit wieder von mir haben! Wir müssen doch zusammenhalten, in guten wie in schlechten Zeiten, nicht wahr? Zwinker-Smiley, Lach-Smiley, ganz herzliche Grüße von deiner Kollegin next door, alles Liebe, Mercedes.* Was hättest du gedacht, wenn sie sowas geschrieben hätte?«

»Na die geht aber ran.«

»Eben. Und hättest du das gemocht?«

David überlegt. Nein, das hätte er ganz sicher nicht gemocht. Er schüttelt den Kopf.

»Siehst du, David. Sie wollte nicht, dass du das denkst, deshalb hat sie kurz geantwortet. Die Angel ist ausgelegt. DU musst jetzt nur anbeißen und rangehen.«

»Glaubst du wirklich?«

»David! Auf den ersten Blick wirkst du ja wie ein Frauenversteher, aber mit der Zeit merke ich: Du hast überhaupt keine Ahnung!«

»Glaubst du?«

»Nein, ich weiß es! Aus eigener, leidvoller Erfahrung.«

Was meint sie denn damit?, denkt David … dass ich sie abgewiesen hätte? Sie war es ja, die mir davongelaufen ist! Und die immer, wenn es interessant wird, das Thema wechselt!

»Leidvolle Erfahrung also«, nimmt David den Ball wieder auf.

»Also gut«, sagt Corinna und beginnt, sich eine Zigarette zu drehen. Sie ist jetzt wild entschlossen, herauszufinden, was es mit ihrem Gefühl auf sich hat, wonach da irgendetwas nicht stimmt. Mit David und Mercedes. Oder nur mit David.

»Ich werde dir etwas sagen, David.« Sie geht auf den Balkon, zündet sich die Zigarette an. »Sie ist einfach zu gut für dich. Mercedes.«

David reagiert ganz anders, als sie erwartet hat. Oder hat sie das insgeheim ohnehin gewusst? David stellt sich neben sie auf den Balkon und sagt: »Ja, ich weiß.«

Corinna macht weiter: »Sie ist so wahnsinnig schön, eigentlich perfekt. Sie hat diese natürliche Eleganz und ein unglaubliches Selbstbewusstsein. Und – sie ist eine Künstlerin. Eine echte Künstlerin. Wie willst du da mithalten?«

David sagt leise: »Kann ich nicht. Du hast recht. Das kann ich vergessen.«

»Du bist ja eine echte Kämpfernatur!«, meint Corinna.

»Es ist doch sinnlos. Ich kann ihr niemals das Wasser reichen.«

»Wenn du sie aufgibst, wärst du frei für wen anderen.«

»Ich bin froh, wenn ich meine Ruhe habe.«

»David?«

»Ja?«

»Du glaubst das ja wirklich, David. Glaubst du das wirklich? Dass du nicht gut genug für die bist?«

»Es ist nun mal so. Ich werde ihr nie gerecht werden können.«

»Also auf Tinder klingst du wesentlich selbstbewusster. Außerdem witziger.«

»Auf Tinder ist es auch leich. Es ist alles virtuell.«

»Greif mich an. Komm. Hier. Nimm meinen Arm.« Sie nimmt Davids Hand und drückt sie. »Bin ich virtuell? David! Ich bin echt!«

David löst sich von ihr. »Ja und nein«, sagt er. »Klar bist du echt, aber wenn uns nicht dieses seltsame Virus in die Quere gekommen wäre, wärst du schon wieder virtuell. Einfach weg. Nicht mehr existent. Das ist das Tolle an Tinder. Am nächsten Tag bist du wieder ein Profil, ich wisch dich nach links, und die Sache hat sich. Du wischst mich nach links, aus, basta, Ruhe.«

»David!« Corinna ist nah an ihn herangetreten und sieht ihm in die Augen. »Meinst du das alles ernst?«

David hebt die Schultern: »Es ist ja so.«

»Wie viele Frauen hast du auf Tinder gematcht? Nein, ich frag anders: Wie viele hast du getroffen? Und mit wie vielen hast du geschlafen?«

David wendet sich ab und geht ins Wohnzimmer. Corinna wirft die Reste ihrer Zigarette in das Einmachglas und geht ihm nach. Da macht er einen auf unschuldig, und in Wahrheit ist er das Tinder-Monster. Sie versucht zu schätzen … zu raten … Okay, er sieht gut aus … Wie viele können es gewesen sein? Zwölf? Zwanzig?

»Na sag schon, David. Wie viele waren es, mit denen du Sex hattest?«

»Bist du dir sicher, dass du das wissen möchtest?«

»Ja.«

David zögert. Er sieht Corinna nicht an, als er sagt: »Es waren 103. Hundertunddrei.«

Corinna ertappt sich dabei, mit offenem Mund dazustehen.

»Und du bist dir sicher, dass du dich nicht mit Don Giovanni verwechselst?«

»Bei dem waren es 1003. Mille tre.«

»Du hast Buch geführt?«

»Ja.«

»War ich dabei?«

»Corinna … du bist der erste Mensch, dem ich das erzähle …«

»Hundertunddrei«, murmelt Corinna.

»Du brauchst nicht zu glauben, dass es mir Spaß gemacht hat!«

Jetzt muss Corinna lachen. »Mein Gott, armer David! Und mir erzählst du, ich wäre dein drittes Date gewesen!«

David stimmt in Corinnas Lachen ein: »Corinna! So gut kennst du mich jetzt doch schon! Ich hab' doch nicht mit 103 Frauen geschlafen. Das wäre mir doch viel zu … anstrengend! Viel zu … verbindlich!«

»Und unordentlich obendrein«, fügt Corinna hinzu. Sie ist unheimlich erleichtert, dass Davids »Geständnis« ein Scherz war.

»Viel zu viel Unruhe, ja«, bestätigt David. »Nein, es ist so … Wie soll ich es dir erklären, ohne dass es lächerlich klingt …«

»So wie ich mich bereits lächerlich gemacht habe, darfst du ruhig auch einmal.«

»Tinder war für mich wie eine Sucht. Ich konnte nicht mehr damit aufhören. Ich habe sogar während der Unterrichtsstunden unaufhörlich nach neuen Frauen gesucht, ich habe am Klo gechattet und als Letztes vor dem Schlafengehen und als Erstes nach dem Aufstehen. Es war so leicht! Und so spannend! Ich hatte Erfolg … beim Chatten. Ich konnte nicht mehr damit aufhören.«

»Wie bei einer Sucht«, sagt Corinna leise.

»Ja, genau so. Irgendwann beginnst du, deine Droge zu hassen. Deshalb habe ich aufgehört, ein ganzes halbes Jahr lang.«

»Ging es dir besser?«

»Ja. Aber soll ich dir was sagen? Da war … diese Weihnachtsfeier unserer Schule … Es wurde musiziert und gelacht, es gab Glühwein und kleine Happen zu essen … Ich habe den ganzen Abend lang Mercedes angesehen, wie sie sich bewegt, wie sie ihr Haar zurückstreicht, wie sie redet und lacht, wie wundervoll und einzigartig sie ist …«

»Und?«

»Und ich habe mich nicht getraut, sie anzusprechen.«

»Was?«

»Nein. Das ging nicht. Das hab' ich verlernt. Ich konnte es einfach nicht.«

»Warst du bei einem Therapeuten oder was?«

David seufzt tief und lässt sich auf das Sofa fallen. »Nein. Ich bin wieder auf Tinder aktiv geworden.«

»Und lass mich raten«, sagt Corinna, »Mercedes ist nicht dabei.«

»Nein, natürlich nicht. Die hat es ja nicht nötig.«

Corinna lacht. »Na, wenn alle Männer so sind wie du, muss sie sich ganz schön einsam fühlen!« Sie setzt sich neben David auf das Sofa und fragt: »Und wie viele hast du wirklich getroffen? In echt?«

David seufzt tief: »Ganz ehrlich. Im Ernst: Du bist die Dritte.

Mit der Ersten war ich im Bett, das war aber nicht so toll, mit der Zweiten war ich auf zwei Drinks, und die Dritte bist du.«

Corinna lacht auf: »Und dann gleich so ein Griff in die Scheiße!« Sie überlegt, ob sie sagen soll, was ihr jetzt durch den Kopf geht, weil eigentlich findet sie es blöd, aber der Gedanke ist nun mal da, und jetzt ist es auch schon egal. »Vielleicht ist das ganze Corona nur wegen Leuten wie dir gekommen.«

»Was willst du damit sagen?«

»Hunderte Leute virtuell anmachen, flirten, schreiben, Fotos schicken … aber echte Verbindung – Fehlanzeige! Je mehr du glaubst, über das Internet mit allen verbunden zu sein, desto weniger bist du mit irgendwas verbunden. Echt jetzt.«

»Kommst du mir jetzt mit christlichem Fundamentalismus oder so?«

Beide müssen lachen. Aber David möchte gerne wissen, was Corinna gemeint hat. Es interessiert ihn. Er ist dankbar für jeden Hinweis, der ihn von Tinder wegbringen könnte, denn sonst wird es so weitergehen, Monat für Monat, Jahr für Jahr. Obwohl, jetzt, mit Corona, ist wahrscheinlich alles anders geworden bei der Partnersuche. Wer jetzt allein ist, wird es lange bleiben …

»Also jetzt noch mal im Ernst«, fährt David fort, »du glaubst, Corona ist die Strafe für mein virtuelles Tinder-Leben?«

»Blödsinn«, antwortet Corinna. »Keine Strafe. Ein … Wie soll ich das nennen? Ein Gleichnis? Leute wie du – und ich kenne mehr Leute wie dich –, ihr macht jetzt genau das, was ihr eigentlich immer tun wolltet. Unverbindlich bleiben. Euch nicht binden. Abstand halten.«

David denkt lange nach. »Das mag schon sein«, sagt er schließlich.

»Wie viele Partnerschaften hattest du?«, fragt Corinna.

»Keine«, gesteht David. »Jedenfalls keine, die länger als ein Wochenende gedauert hat.«

Corinna sieht ihn nachdenklich an. Nun gut, sie selbst hat an die zwanzig Partner gehabt, einen davon sogar ein paar Jahre lang, den scheißkerligsten von allen natürlich, dafür hatte sie immer ein gutes Händchen. Aber gar keine? David flirtet in Texten wie ein Weltmeister, und dann traut er sich nicht, seine Kollegin anzusprechen! Männer sind doch die schrägsten Lebewesen auf diesem Planeten, da können See-Elefanten und Blattschwanz-Geckos nicht mithalten. Und diese ganze Geschichte mit Mercedes findet sie so seltsam, dass sie geradezu ihren sportlichen Ehrgeiz anstachelt. Oder ist dieser Stachel ihr Selbstverletzungstrieb?

Corinna seufzt theatralisch: »Tja. Allerdings werden wir ohne sie verhungern. Ohne die Kollegin. Und ich brauche ein Ladekabel. Und zwar jetzt und nicht erst in drei Wochen, wenn es mit der Post kommt.«

»Dann schreib du ihr doch«, sagt David.

»Nein ... DU schreibst ihr.«

»Ich schreib einfach genauso cool zurück.«

»Nein! Du hast wirklich gar nichts verstanden. Du musst sie jetzt umgarnen.«

»Ich muss gar nichts. Ich brauche Ruhe.«

»Noch mehr Ruhe? Ach, mein armer Junge! Also gefällt sie dir oder nicht?«

»Schon, aber ...«

»Nichts aber. Wenn man liebt, muss man die Hosen runterlassen, das ist nun mal so. Also, Gelegenheit zum Nachdenken hattest du ja genügend: Was schätzen Frauen bei Männern am meisten?«

David denkt angestrengt nach.

Corinna gibt einen Hinweis: »Es beginnt mit H.«

»Den Hintern?«

»David!«

»Hoden?«

»David!! Den Humor! Ihr sollt uns zum Lachen bringen! Humorvolle Männer sind souverän, da fühlen wir uns geborgen, die können uns *auf* den Arm und *in* den Arm nehmen, die …«

»Aber wie soll ich das hinkriegen? Humorvoll, ohne anbiedernd oder peinlich zu sein, dabei emotional, souverän, witzig und gleichzeitig tiefgründig?!«

»Auf Tinder kriegst du es ganz gut hin.«

»Aber nur dort!«

»David, wir werden jetzt Mercedes schreiben. Ich brauche ein Ladekabel und mehr Wein. Und wir werden es diesmal so arrangieren, dass ihr bei der Übergabe des Pakets miteinander redet. Ganz echt redet.«

»Nein!«

»Doch!«

»Das schaff ich nicht.«

»David. Wir haben noch den ganzen Tag Zeit, zu üben.«

Tag 7/2:
Netflix

David und Corinna haben beschlossen, den Abend ohne Corona-Sendungen zu verbringen, wobei es nicht ganz leicht war,
sich auf ein Alternativprogramm zu einigen. Sie kennt alle Folgen von *The Crown*, er hat das gesamte *House of Cards* hinter
sich, also wählen sie den erstbesten vorgeschlagenen Film aus,
der freilich die bedrohliche Atmosphäre, die über dem Land,
dem Kontinent, dem Planeten liegt, ebenso wenig bannen
kann wie der Pinot Grigio, mit dem Corinna sich zu trösten
versucht. Sie sitzen nebeneinander auf dem Sofa und sehen in
den Computer-Bildschirm. Corinna gibt angeekelte Geräu-
sche von sich und kuschelt sich an David.

»Oh mein Gott ... wie er die zugerichtet hat ... scheußlich!«

»Scheußlich«, bestätigt David.

»Was würden wir bloß ohne Netflix machen?«, fragt
Corinna.

»Intelligent bleiben«, antwortet David.

Es läutet. David springt auf und läuft zur Tür. Er hält sich
den Schal vor Mund und Nase und versucht, sich an alles zu
erinnern, was Corinna ihm eingebläut hat. Tatsächlich haben
die zwei am Nachmittag Dialoge einstudiert, allerdings muss-
ten sie dabei so viel lachen, dass David sich sicher ist, alles vergessen zu haben. Wie soll er das bloß hinbekommen?

Als er die Tür öffnet, ist er sich sicher, es nicht hinzubekommen. Mercedes ist so … nein, schön ist eine völlig unzureichende Beschreibung, sie ist … sie ist einfach umwerfend. Buchstäblich. Denn als David ihrer ansichtig wird, bekommt er einen Schwindelanfall und muss sich an der Wand festhalten. Wie ist so etwas möglich?

»Hallo«, haucht David, »ich … oh danke!« Nicht stottern, das war eigentlich der wichtigste Teil der Übung, aber er weiß jetzt gar nicht, ob er überhaupt ein Wort herausbringt.

Mercedes lächelt ihn an, und David hat das Gefühl, vom Strahlen ihrer Zähne geblendet zu werden. »Alles in Ordnung mit dir?«, fragt Mercedes.

»Oh ja!« David versucht, sich zu beruhigen und wie ein Held zu klingen.

»Sicher?« Mercedes klimpert freundlich mit den Wimpern. Mein Gott, diese riesigen Augen!

»Ich weiß gar nicht, wie … nein wirklich …«, stammelt David und sieht auf den gefüllten Karton, den Mercedes ihm hingestellt hat. »Und das Ladekabel ist auch dabei … für MEIN Samsung … oh danke … und die Steaks … köstlich! Ich hole gleich das Geld …«

David nimmt den Karton, trägt ihn in die Wohnung und sieht Corinna an.

»Warum bist du so bleich?«, fragt sie.

Er deutet Corinna, leise zu sein, nimmt seine Geldbörse aus der Lade und geht wieder vor die Tür.

»Das ist überhaupt nicht nötig«, sagt Mercedes und wirft mit einer graziösen Kopfbewegung ihre schwarze Mähne in den Nacken.

»Doch, doch«, meint David und versucht, mit einer ebenso eleganten Bewegung sein Geld aus der Börse zu holen, wobei ihm leider sowohl das Geld als auch die Börse aus der Hand gleiten und zu Boden fallen. Ein paar Münzen rollen Richtung Mercedes. Sie sieht David besorgt an.

»Oh, ich weiß nicht, nein, nein, ich möchte keine Schulden … jaja, alles in Ordnung. Sehr gut fühle ich mich, wirklich!«

Er kriecht auf allen vieren Richtung Mercedes, die sich in die Hocke begeben hat, um die Münzen einzusammeln. Als er bei ihr angekommen ist, verliert er seinen Schal. Sie haucht ihm ein paar Sätze ins Ohr. David braucht ein bisschen, um zu realisieren, was sie gesagt hat.

»Natürlich, ja, einsam. Sehr einsam! Oh ja, das wäre … wunderbar!«, sagt er und händigt Mercedes das Geld aus, wobei sich ihre Hände leicht, ganz leicht berühren. David rinnt ein Schauer der Verzückung den Rücken hinab. Mercedes sieht ihm tief in die Augen, er versucht, dem Blick standzuhalten. »Also dann …« Sie zwinkert ihm zu. »Du meldest dich, wenn du etwas brauchst.« Mit diesen Worten wendet sie sich ab und schwebt durch den Flur. Göttinnengleich.

David geht in die Wohnung zurück, schließt die Tür, lehnt sich an die Wand. Corinna sieht ihn belustigt an. »Na?«, fragt sie.

»Sie hat … sie hat …«, sagt David.

»Sie hat dich geküsst.«

»Aber nein!«

»Ihr habt miteinander geschlafen.«

»Sie hat, sie hat … Ja!« David strahlt.

»David, du wirkst verwirrt.«

»Ja, das hat Mercedes auch gesagt. Dass ich beim Schreiben viel schlagfertiger wirke.«

»Und darüber freust du dich so?«

»Sie hat mich zum Essen eingeladen.«

»Nein!«

»Ja! Sie hat gesagt … Mercedes hat gesagt, ganz leise, in mein Ohr …« David flüstert. »Wenn der ganze Wahnsinn hier vorbei ist, hat sie gesagt, lädt sie mich zum … zum Essen ein, zu sich, dann … dann treffen wir uns! Oh Corinna!«

»Oh David!«, macht ihn Corinna nach. »Wenn du so stotterst, wirst du allerdings keinen guten Eindruck bei dieser Einladung machen. Was mir eigentlich ziemlich egal, wenn nicht gar sehr recht sein könnte!«

Sie geht zu dem Karton, stöbert darin herum, nimmt das Ladekabel, die zwei Flaschen Weißwein und die Packung mit den Steaks heraus. Als Erstes hängt sie ihr Handy an den Strom. Sie sieht David mit einer Mischung aus Schadenfreude und Mitleid an. »Wir werden noch ordentlich üben müssen. Bei UNSEREM Date hast du es doch auch geschafft, nicht als völliger Psycho rüberzukommen.«

»Ja«, gibt David zu, »aber mit Mercedes … mit Mercedes ist das anders. Sie ist so …«

Corinna unterbricht ihn: »Danke, David, du kannst dir die Aufzählung aller Eigenschaften von Mercedes, die ich nicht habe, ersparen. Ich mache mir jetzt endlich, endlich meine Steaks! Danke, Mercedes! Danke!«

Tag 8:
Leute wie du

David öffnet die Balkontür. Frische Luft! Das tut gut. Etwas Ungefähres, Unheimliches hält ihn umfangen. Was, warum? Wie die Konturen der Sterne sich nun langsam in der Dämmerung auflösen, so verblassen auch seine Träume, die Bilder verschwimmen, verschwinden. Da war doch was … Mercedes … ja … In einem Traum lag er als Akkordeon in ihren Armen, oh wie schön! Allerdings musste er dabei eine Schutzmaske tragen. Jetzt kann sich David nicht mehr erklären, wie man als Akkordeon eine Schutzmaske trägt.

Die Stadt erwacht. Mit dem pfeifenden Geräusch, das entsteht, als er das Kalenderblatt abreißt, bannt David seine Traumgespinste: Tag 8. Für ihn aber irgendwie auch Tag 1. Der erste Tag, nachdem Mercedes ihn zum Essen eingeladen hat.

Aufgewacht ist er davon, dass er Corinna im Badezimmer gehört hat, wo sie sich jetzt immer noch befindet. Irgendetwas ist zu Boden gefallen, es hat laut geklimpert, dann hat sie geflucht. Offensichtlich ist sie zur Frühaufsteherin geworden.

David bereitet sich einen Espresso zu und beschließt zu trainieren. Er wird seinen Schülerinnen und Schülern ein kleines Video davon schicken. Vielleicht animiert sie das ja, selbst auch ein bisschen Bewegung zu machen. Und vielleicht hilft es ihm dabei, eines Tages die Zusatzstelle als Sportlehrer zu bekommen.

David beginnt mit einigen Liegestützen zum Aufwärmen.

In den kurzen Pausen stellt er sich auf den Balkon und genießt die frische Luft, die noch nie so gut war wie in diesem März. Außer Lieferwagen sowie Polizei- und Postautos sind kaum Fahrzeuge zu sehen.

Als er mit den Hanteln zu trainieren beginnt, kommt Corinna ins Wohnzimmer, eine Kaffeetasse in der Hand. Sie trägt Davids blauen Pyjama mit dem dezent karierten Muster und hat – das spürt David sofort – schlechte Laune. Corinna sieht missmutig auf den Kalender.

»Immer noch fast eine Woche«, knurrt sie.

»Ja«, keucht David.

»Ein Tag im Pyjama, und draußen singen die Vögel.«

David legt die Hanteln weg. »So ist es eben«, sagt er.

»Ich geh heut in den Park«, erwidert Corinna trotzig.

»Das würde ich nicht machen«, meint David. »Die Polizei patrouilliert überall.«

»Die können doch nicht das ganze Land einsperren!« Corinna wirft hilflos die Arme in die Höhe. »Und lahmlegen! Es gibt doch auch ... sowas wie Grundrechte!«

»Die anderen haben auch ein Recht, nämlich nicht von uns angesteckt zu werden«, sagt David.

»Ich hab' doch den dämlichen Virus nicht.«

»Das Virus.«

»Ich schmuse mit niemandem im Park, ich halte den Sicherheitsabstand ein, ich pass doch auf! Ich lass mir doch nicht so einfach meine Freiheit nehmen.«

»Deine Freiheit endet da, wo die der anderen beginnt.«

Mit philosophischen Grundsätzen will Corinna sich freilich nicht abfertigen lassen, denn seit dem Aufstehen fühlt sie diese Wut in sich. Sie wird hier gegen ihren Willen gefangen gehalten. Mit einem Mann, der sie vielleicht in der ersten

Nacht vergewaltigt hat, wer weiß das schon! In Schweden wäre er längst im Gefängnis! Und dann zerbricht auf dem Badezimmerboden auch noch Davids Deofläschchen, das hat ihre Wut nicht gerade besänftigt, vor allem, weil sie beginnen wird, wie ein Iltis zu stinken.

»Die machen uns Angst!«, ruft Corinna aus. »Genau so läuft das immer! Zuerst machen sie uns Angst, und dann nehmen sie uns die Freiheit! Und wir lassen es uns auch noch gefallen, weil wir glauben, wir gewinnen dadurch Sicherheit! Am Ende werden wir die Sicherheit und die Freiheit verlieren!!«

»Mir scheint, du bist heute mit dem falschen Fuß aufgestanden.«

»Ich hab's einfach satt! So nutzlos herumzusitzen und zu warten, bis die Zeit vergeht, und Nachrichten zu schauen und all diese Experten zu hören, die sagen, das wird noch Jahre dauern, wir brauchen dringend eine Impfung, in ein paar Wochen ist alles vorbei, ist ja nur eine Grippe, die Wirtschaft wird zusammenbrechen, die Wirtschaft wird sich erholen, die Börse ist im Keller, die Börse macht Riesengewinne, jeder wird jemanden kennen, der an Corona gestorben ist, wir werden Hundertausende Tote haben … Aber kann jemand messen, wie viele Leute an Einsamkeit krepieren werden?«

»Du bringst da jetzt viele Dinge durcheinander.« David nimmt eine der Hanteln in die linke Hand, das Handy in die rechte, hält es in die Höhe, lächelt, macht ein Foto. Er sieht es sich an. Noch einmal das Ganze, ein bisschen weniger lächeln vielleicht für die Jugendlichen, weniger Kumpel, mehr Sportlehrer. Corinna sieht ihm angeekelt zu.

»Weißt du, was mich am meisten krank macht?«, fragt sie.

»Du dich selbst?«, sagt David und fragt sich, ob ihn Corinnas üble Laune bereits angesteckt hat.

»Die Leute, die sich dauernd beim Workout filmen und das dann auch noch posten«, antwortet Corinna. »Weißt du, wen das interessiert? Das interessiert genau niemanden!«

»Und warum verbringst du dann den ganzen Tag auf Facebook und Instagram, seit dein Handy wieder geht?«

»Sicher nicht, um mir Leute beim Turnen anzusehen!«

»Ich mache das für meine Schülerinnen und Schüler, um sie zu motivieren, die Zeit sinnvoll zu nutzen. Und später gibt es noch ein Musik-Tutorial. *Heart and Soul,* ganz einfach zu spielen, dann können sie ein bisschen üben, und wir können dann vielleicht gemeinsam singen …«

»Ich singe nicht!«, ruft Corinna empört aus.

»Ich habe auch nicht dich gemeint. Es gibt auch noch andere Leute auf diesem Planeten. Ich habe meine Schüler gemeint. Wir streamen gemeinsam ein Konzert. Glaubst du, mir macht es Spaß, hier mit einem übel gelaunten Gespenst in einem viel zu großen Pyjama eingesperrt zu sein? Ich versuche eben, das Beste daraus zu machen!«

David legt die Hanteln weg, sieht Corinna an und versucht, sie mit einer gut gelaunten Bemerkung umzustimmen: »Ich finde, der Wetterbericht beschreibt unsere Situation ganz gut. Frühlings-Haft.«

Ein Scherzchen? Das hat Corinna gerade noch gefehlt. Sie explodiert: »DU fühlst dich wie im Gefängnis?! Mein armer Junge! Früher waren Leute wie du doch immer ganz stolz, wenn sie zu Hause arbeiten durften. *Ich mach montags jetzt immer Homeoffice …* Davon habt ihr doch geträumt! Und jetzt ist das plötzlich so schlimm? Nach einer Woche? Oder zwei? Hey, da draußen sind Leute, die haben ihren Job verloren! Ich zum Beispiel! Die können die Miete nicht mehr zahlen von dem Scheißloch, in dem sie sitzen mit ihren drei Kleinkindern.

Oh ja, und diese Leute essen dann keinen Tofu und keine pflückfrischen Gartensalate und keine Linsenlaibchen, sondern Billigfleisch. Und Billigwurst. Sie lesen beim Einkaufen keine Nährwerttabellen, sondern fressen versteckte Fette ohne Ende, und, ja, sie trinken Alkohol, und Leute wie du, ihr seht dann noch mehr auf sie herab, sind eben Asis, doof geworden vom RTL-Gucken, mit solchem Abschaum haben Leute wie du nichts zu tun. Und während Leute wie du euch einredet, dass ihr jetzt total solidarisch seid und mit allen verbunden und dass ihr riesige Helden seid, weil ihr zu Hause bleibt mit eurem MacBook und eurem Dampfgarer und eurem Wildkräuterdip und eurem iPhone und eurem Biogemüse, gehen ein paar Wohnblocks weiter die anderen vor die Hunde!«

Corinna schnaubt vor Wut. David sieht sie etwas ratlos und erschrocken an, versucht zu beschwichtigen: »Ich bin in Kontakt mit Freunden, die Kinder haben, das ist wirklich nicht so …«

»Ja, ich seh' sie, deine Freunde«, unterbricht ihn Corinna, »sind auch Leute wie du, die Armen müssen jetzt Brettspiele mit den Kindern spielen, und sie glauben, es geht ihnen so beschissen, deshalb müssen sie für Klopapiernachschub sorgen! Und in Wahrheit ist ja der größte Wunsch von Leuten wie dir in Erfüllung gegangen: Weniger Stress! Entschleunigung! Nicht so viel shoppen! Nicht so viel mit dem SUV durch die Innenstadt fahren und endlich weniger fliegen! Einfacher leben! Denk doch mal nach!! Leute wie meine Mutter und ich träumen nur von all dem Scheiß, den ihr nun *loslassen* könnt!«

»Ich hab' nicht mal ein Auto. Ich weiß nicht, wovon du redest.«

»Ich rede von der totalen sozialen Ungerechtigkeit, die dieses Scheißvirus verstärkt!«, schreit Corinna.

»Ich hab' ja gewusst, dass Fleischessen aggressiv macht«, gibt David zurück.

»Halt doch einfach mal die Klappe!«

Jetzt wird David auch laut: »Warum es noch keine Verschwörungstheorie gibt, dass Leute wie ich dieses Virus erfunden haben – wenn wir es so toll finden!«

»Ich bin noch nicht fertig!« Corinna ist noch lauter. »Ich hab es nämlich so satt, dass Leute wie du von der schlimmsten Herausforderung seit dem Zweiten Weltkrieg herumlabern, aber weder gibt es Millionen Tote, noch liegen die Städte in Trümmern, und eure schlimmste Sorge in dieser sogenannten Krise ist, dass das Internet zu langsam wird und die Netflix-Serie zu Ende geht. Och, wie furchtbar, sagt ihr dann und schenkt euch noch ein Glas Limetten-Ingwer-Aronia-Gojibeeren-Tee ein und genießt das wohlige Grauen!!«

»Ich möchte dich darauf hinweisen, dass DU meinen Limetten-Ingwer-Aronia-Gojibeeren-Tee ausgetrunken hast, dass du außerdem auf MEINE Kosten Wein trinkst und Steaks isst und mir noch dazu Vorwürfe machst!«

»Ich werde dir etwas verraten«, sagt Corinna, plötzlich ganz ruhig. »Ich mag keine Steaks. Ich hab die nur gegessen, um dich zu provozieren.«

David sieht sie an und lächelt. Es fällt ihm nichts ein, was er darauf sagen könnte, und er findet es auch klüger, jetzt zu schweigen. Corinna zieht ihre Jacke und ihre Schuhe an. Sie sieht sehr lächerlich aus mit dem viel zu großen Pyjama, den sie darunter trägt.

»Was machst du?«, fragt David.

»Ich gehe zum Geldautomaten«, antwortet Corinna.

»Wozu?«

»Um meine Schulden zu begleichen.«

»Wenn sie dich so erwischen, kommst du nicht in die Iso-lierstation, sondern auf die Psychiatrie.«

»Ich lass mich doch hier nicht zur Bittstellerin degradieren!«

»Sie haben uns alle zu Bittstellern degradiert, Corinna. Vor allem *Leute wie dich.*«

»Wieso mich?«, will Corinna wissen.

»Weil du keinen Lohn mehr bekommst, sondern ein Almo-sen, wenn du darum ansuchst. Und jetzt lass den Unfug, ich bekomme mein Lehrergehalt weiter, ich nehme kein Geld von dir.«

»Das geht nicht …«, murmelt Corinna.

»Was?«

»Du sollst nicht so verdammt nett zu mir sein!«

»Das verträgst du nicht, was?«, sagt David. »Dass jemand einfach nur *nett* zu dir ist!«

»Und außerdem lasse ich mich nicht von dir aushalten!«, ruft Corinna aus.

David seufzt erschöpft. »Keine Sorge, Corinna. Ich halte dich wirklich nicht aus.«

Tag 9:
Sweet Home

»Darf ich?«, fragt Corinna, als sie vor dem Kalender steht. David kommt zu ihr. Gemeinsam reißen sie das Kalenderblatt ab. Tag 9. Neun ist noch nicht zehn, aber neun ist fast zehn. Und vor allem deutlich mehr als sieben, also mehr als die Hälfte. Land in Sicht.

»Wir schaffen das«, sagt David.

»Ja«, stimmt ihm Corinna zu. Zum Glück hat sie sich nach dem gestrigen Ausbruch wieder beruhigt, denkt David. Den Abend haben sie gemeinsam mit Nachrichtenschauen verbracht. Alle schauen Nachrichten. Die Infektionszahlen steigen überall. Bilder von gestapelten Särgen gehen um die Welt. Es gibt zu wenige Tests. Man lernt neue Wörter, etwa »Aerosole« oder »Inzidenzzahl«. David und Corinna staunen, wie viele Infektologinnen, Virologen, Epidemiologen und Mikrobiologinnen es auf der Welt so gibt. Wo waren die alle vorher? Was haben sie den ganzen Tag lang gemacht? Wenn man ihnen zuhört, wird schnell klar, dass die Tödlichkeit des Virus von der Berechnungsmethode abhängt, die Gefährlichkeit Ansichtssache ist und das Tragen von Schutzmasken kontraproduktiv oder aber lebensrettend.

Die Regierungen wiederholen in Endlosschleife, dass es keinen Grund zur Panik gäbe, was ja auf sinkenden Schiffen auch immer gepredigt wird. Kein Wunder also, dass überall der Eindruck entsteht, es geschehe gerade etwas vollkommen

Unberechenbares. Der Eindruck verstärkt sich, wenn man den Mathematikern und Statistikern genau zuhört, denn alle berechnen zwar etwas, nur kommt immer etwas anderes dabei heraus. Nachrichten gibt es seit Tagen nur noch in der Möglichkeitsform: Wenn das passiert, zieht es das nach sich, oder eben auch nicht, und wenn dagegen jenes eintritt, hätte es dieses zur Folge, oder vielleicht auch etwas ganz anderes.

David und Corinna beschließen, den Tag gemeinsam konstruktiv zu verbringen. Dazu ist David sogar gezwungen, denn seine Schülerinnen und Schüler wollen, nachdem sie *Heart and Soul* einstudiert haben, ein weiteres gemeinsames Konzert geben, online natürlich, und dazu bedarf es einiger Vorbereitungen. David hat bemerkt, dass viele der Jugendlichen schon einigermaßen ungeduldig geworden sind – kein Wunder, die Schulkonzerte sind abgesagt, die Kulturreisen nach Frankreich und England ebenso. Wie das mit der Reifeprüfung für die letzten Klassen wird, steht in den Sternen. Aber immerhin, acht junge Leute aus verschiedenen Klassen haben sich zusammengetan, eine Corona-Band gegründet und einen Songtext gedichtet. Auf Englisch natürlich. Der durchaus ironisch gemeinte Titel: *Sweet Home*. Eine Art Musik haben sie auch schon komponiert. Nun ja, komponiert, eigentlich sollte Ed Sheeran Tantiemen dafür bekommen, aber immerhin. Nun gilt es, das Ganze ein wenig aufzupeppen. Vor allem die Blockflöte und die Oboe machen David Sorge, die werden hoffnungslos untergehen.

Er spielt Corinna die Melodie des Songs vor, sie findet ihn gut, aber ein bisschen einfach. David variiert und improvisiert, fügt einen Zwischenteil hinzu, das Ganze bleibt absolut erkennbar, klingt aber plötzlich vielschichtiger und interessanter.

»Du bist ein Genie«, sagt Corinna.

David lacht laut auf. »Du musst nur Simon & Garfunkel wie Nirvana oder umgekehrt AC/DC wie Cat Stevens spielen, schon hast du mindestens sieben tolle Motive für deinen neuen Song.«

»Ich finde es großartig«, beteuert Corinna. »Und weißt du, wie man das Ganze mit einem Hauch von Romantik und weiter Welt versehen könnte?«

»Wie?«

»Mit einem Akkordeon.«

»Nein. Das meinst du nicht ernst.«

»Doch.«

»Du meinst, ich sollte Mercedes einladen, in der Band mitzuspielen?«

»Du spielst ja auch mit. Die Kinder freut das sicher.«

Bei näherem Hinsehen findet David immer mehr Gefallen an der Idee, und als Mercedes sich schließlich aus ihrem Wohnzimmer dazuschaltet, gerät er in Hochstimmung. Warum, fragt sich Corinna, hab' ich immer Ideen, die andere glücklich machen, und keine, die mich glücklich machen? Aber diese Frage stellt sie sich schon ihr halbes Leben lang, weshalb sie beschließt, die Suche nach der Antwort auf später zu verschieben. Stattdessen beobachtet sie David, wie er vor der ganzen Klasse, was heißt, vor dem gesamten Internet mit seiner schönen Kollegin flirtet. Wobei Corinna bemerkt, dass der Flirt zwischen den beiden sehr diskret abläuft. Der Blick dauert nicht übertrieben lange, aber eben doch dieses Quäntchen länger, als es zwischen Menschen üblich ist. Davids Stimme ist nicht viel tiefer als sonst, aber eben diesen Halbtonschritt tiefer als normalerweise. Und Mercedes richtet sich die Haare nicht ostentativ nach hinten, aber eben doch ein

bisschen absichtlicher, als wenn sie es nur der Haare wegen
täte. Vor ihren Schülerinnen und Schülern wollen die beiden
natürlich nichts zeigen, was über das Schulische hinausgeht.
Aber Corinna hat beobachtet, dass Mercedes und David auch,
wenn sie allein im Chat sind, nicht offensichtlich, sondern
sehr diskret flirten, woraus sie den Schluss zieht, dass es nicht
nur ein Spielchen ist, sondern für beide ziemlich ernst zu sein
scheint.

David spielt die neuen Teile des Songs vor, die allgemeine
Zustimmung finden. Er gibt allen eine halbe Stunde Zeit,
ihre Parts noch einmal durchzugehen, danach wird man sich
zu einer gemeinsamen Probe treffen.

»Willst du auch einen Kaffee?«, fragt er Corinna, die wie so
oft mit einer Gegenfrage antwortet.

»Geht doch, nicht wahr? Du fällst ja gar nicht halb in Ohn-
macht, wenn du mit Mercedes redest und spielst!«

»Über Internet geht es.«

»Du brauchst eine Therapie.«

»Da nehm' ich dich aber mit.«

»Und ich bin auf dich reingefallen!«

»Bist du nicht!«

»Aber jetzt sitze ich hier mit dir in der Falle! Das ist das
längste Date meines Lebens!«

»Das haben wir deinem Pizzaboten zu verdanken!«

»Es war unser Pizzabote! Und wir wollten heute nicht
streiten.«

»Das stimmt.«

Nach der Kaffeepause gibt David noch letzte Anweisun-
gen, wer was in welcher Höhe und Lage zu spielen hat, Worte
wie Legato, Sept und Dominante fallen. Corinna filmt ihn,
schwenkt zwischen seinem Gesicht, dem Laptop mit den

Noten und den Klaviertasten hin und her. Wie er spielt! So selbstverständlich, wie andere atmen! Warum kann ich das nicht, fragt sich Corinna, es wäre so fantastisch, irgendetwas ordentlich zu beherrschen! Wenigstens sich selbst ... so wie Paula aus der achten Klasse, die nun zu singen beginnt, mit einer Lässigkeit, die Corinna nicht einmal beim Badewannensingen hatte.

Der Song selbst klingt insgesamt noch ein wenig holprig, was ja bei einer ersten Probe – noch dazu unter diesen ungewohnten Umständen – kein Wunder ist. David lobt dennoch alle und vereinbart eine weitere Probe für den nächsten Tag, danach werde man das Lied auf YouTube stellen und sehr schnell weltberühmt werden.

Eine kleine spielerische Rüge gibt es nur für Mercedes, sie müsse mehr im Hintergrund spielen, wie ein Background-Chor. Mercedes ist es dann auch, die sich als Letzte ausloggt, nicht ohne eine kleine Feststellung, die allerdings nichts mit ihrer musikalischen Leistung zu tun hat.

»Ich wusste gar nicht, dass du drei Hände hast«, sagt sie. David versteht nicht, was Mercedes meint, so gut hat er nun auch wieder nicht gespielt, während Corinna schon schwant, was kommen wird. Sie setzt sich auf das Sofa und hält sich die Hand vor den Mund.

»Wieso?«, fragt David.

»Na, vielleicht hast du auch einfach einen ganz tollen Roboter, der das Handy beim Filmen schwenken und bewegen und zoomen kann, während du mit beiden Händen Klavier spielst. Soll es ja geben.«

David beißt sich auf die Unterlippe. »Ich ... nun ja, schön war es jedenfalls, Mercedes. Bis morgen dann.«

Er loggt sich aus, sieht Corinna an und sagt: »Scheiße.«

Scheiße, das denkt auch Corinna. Das hat sie nicht absichtlich gemacht, aber so etwas wie eine freudsche Fehlleistung dürfte es doch gewesen sein, zu entlarven, dass der arme, einsame David vielleicht gar nicht so arm und einsam ist.

Tag 10:
Abgeschnitten

David sitzt im Schneidersitz auf dem Sofa, seinen Laptop auf dem Schoß. Die Mail von Mercedes ist eigentlich sehr nett, andererseits …

»Corinna?«

Corinna antwortet aus dem Badezimmer: »Ja?«

»Hör zu, Mercedes schreibt: *Die Probe gestern hat Spaß gemacht. Du machst das sehr gut, David. Merkst du eigentlich, wie die Kinder dich lieben? So einen Lehrer habe ich mir immer gewünscht.*«

»Na, dann liegt sie dir ja schon zu Füßen, deine Mercedes«, ruft Corinna aus dem Bad.

»Sie schreibt weiter: *Mit meinen Bemerkungen deinen dritten Arm betreffend wollte ich dir keinesfalls zu nahe treten.*«

»Typisch Frau«, kommentiert Corinna, »DU verarschst sie, und SIE entschuldigt sich bei dir. Warum sind wir bloß so? Ich verstehe es nicht.«

»Sie will sich aber nicht verarschen lassen«, widerspricht David.

»Ach was.«

»Sie schreibt weiter: *Ich habe an meiner Pinnwand eine Postkarte, die hat mir mein Bruder geschickt. Er hat sie zufällig auf irgendeinem Flughafen entdeckt, die gibt es wahrscheinlich mit vielen Namen. Auf meiner Karte steht: Mercedes. Spanischer Ursprung: voll der Gnaden, die Barmherzige. Empfindsame, glühende Natur, die fest an ihr Schicksal glaubt. Sie ist unnachgiebig, zermürbend, lässt aber ihr Ziel nicht aus den Augen. Ein herausfordernder, anspornender Mensch. Wehe dem, der ihr Lügen erzählt!«*

»Oh-oh«, kommt es aus dem Badezimmer. »Und weiter?«

»Nichts weiter. *Melde dich, wenn du was brauchst. Liebe Grüße, Mercedes.*«

Corinna kommt ins Wohnzimmer. Den grauen Lieblings-Wollpullover von David trägt sie als Rock. Die Ärmel sind weg. Darüber trägt sie ein T-Shirt mit der Aufschrift »I love Paris«, das sie unten abgeschnitten hat, sodass es nun nabelfrei ist. David sieht sie entsetzt an, legt den Computer beiseite und springt auf.

»Corinna! Das ist mein Lieblingspullover ... Das war mein Lieblingspullover!«

Corinna reißt ungerührt das Kalenderblatt ab. Tag 10.

»Das kannst du doch nicht machen, Corinna!«

»Mach dir nicht ins Hemd. Ich kann die Ärmel vielleicht wieder annähen.«

»Und das T-Shirt!«

»Hast du nie getragen. Lag ganz unten.«

»Das war eine Erinnerung an die letzte Klassenreise.«

»Ist also schon ziemlich alt.«

»Aber mein Pullover! Ich hab' dir doch gesagt, dass das mein Lieblingspullover ist. Und du schneidest die Ärmel ab! Weißt du, was das ist? Häusliche Gewalt!«

David ist den Tränen nahe. Corinna findet es eigentlich ganz gut, wenn es einmal ein Mann ist, der sich am Rande des Nervenzusammenbruchs befindet, aber weinen will sie ihn doch nicht sehen. Seufzend holt sie die Ärmel aus dem Inneren hervor. Sie waren gar nicht abgeschnitten, nur eingeklappt.

David lässt sich auf das Sofa fallen. »Jetzt hast du mir aber wirklich einen Schrecken eingejagt.«

»Was machen wir heute?«, fragt Corinna.

»Keine Ahnung.«

»Wir könnten deine Bücher ordnen. Allerdings wären wir dann in dreißig Sekunden fertig.«

»Ich lese meistens auf dem E-Reader.«

»Hast du Nähzeug?«

»Unten im Badezimmerschrank.«

Corinna verschwindet und kommt wenig später in ihrer eigenen Kleidung zurück, das Nähzeug und das »I love Paris«-Shirt in der Hand. Sie hält das altmodisch aussehende Nähkästchen in die Höhe. »Entzückend!«

»Hat mir meine Mutter geschenkt.«

»David, du musst es Mercedes erzählen. Von uns beiden.«

»Was von uns beiden? Da gibt es doch nichts zu erzählen.«

»Du musst es ja wissen!«, sagt Corinna cool, aber der letzte Satz hat ihr doch einen Stich versetzt. Sie weiß noch immer nicht, was in der ersten Nacht passiert ist. Aber nichts … nichts klingt auch nach wenig. Verletzend wenig … David, da ist doch was? Spürst du das nicht?

Das denkt Corinna aber nur. Sie sagt etwas anderes: »Du kannst doch eine neue Beziehung nicht mit einer Lüge beginnen.«

»Da ist keine neue Beziehung!«, gibt David zurück, aber das sagt er nur. Er hofft etwas anderes.

»Es gibt keine Beziehung, weil du dich davor fürchtest! Ich sag dir was: Dieses Vierzehn-Tage-Date geschieht dir vollkommen recht!«, ruft Corinna aus.

»Ich sag dir auch was, Corinna: Es tut mir gut, dieses Vierzehn-Tage-Date.«

Corinna sieht ihm in die Augen. Also was jetzt? Was willst du?

»Du meinst, es tut dir gut, weil wir zwei uns sonst nie so gut kennengelernt hätten? Und dass es schön ist, wie wir … diese Zeit gemeinsam gemeistert haben … fast wie … Partner?«

»Natürlich, auch«, antwortet David. »Aber vor allem hast du mir geholfen, sehr geholfen …«

»Ja?«

»Mercedes näherzukommen!«

»Du bist so ein Arschloch, David!«, ruft Corinna und wirft ihm das Nähkästchen vor die Füße.

Tag 11:
Küssen

Es ist früher Abend. David ist auffällig schön gekleidet, er trägt Jeans, ein blaues Hemd und braune Lederschuhe, worüber Corinna sich lustig gemacht hat. David! Straßenschuhe! In der Wohnung!

Die beiden haben am Vortag Stunden damit verbracht, auf allen vieren die in der halben Wohnung verstreuten Nadeln, Knöpfe und Zwirnspulen wieder einzusammeln und fein säuberlich in das Nähkästchen zu schlichten. David hat sich bei Corinna entschuldigt. Er könne einfach nicht einschätzen, wie sie auf welche Aussagen reagiere. Er tue sich sehr schwer damit, ihre emotionalen Zustände zu deuten. Corinna wiederum hat zugegeben, dass ihre emotionalen Zustände auch für sie selbst schwer zu deuten sind. Jedenfalls würde sie wieder Wein brauchen, und auch Brot, Butter, Eier, Sojamilch und Tofu seien aus.

David hat sich also ein Herz gefasst und Mercedes eine Mail geschickt: eine Einkaufsliste und einen Kommentar zu dem ominösen Text, der angeblich an ihrer Pinnwand hängt. Corinna hat nicht nachgefragt, was er Mercedes geschrieben hat, denn auch das hat sie zugegeben: dass es sie überhaupt nichts angeht, was David Mercedes erzählt.

Wissen will es Corinna freilich schon, und sie hat auch einen Plan, wie sie es herausfindet. Sie springt auf, geht auf den Balkon und beginnt heftig zu klatschen.

»Was machst du da?«, fragt David irritiert.

»Es ist 18.00 Uhr«, antwortet Corinna und macht unbeirrt weiter. »Wir klatschen für die Einsatzkräfte … für alle, die helfen!«

»Ich lebe ja nicht hinterm Mond«, sagt David, »aber ich würde dich bitten, da nicht mitzumachen.«

»Warum nicht?«

»Vor allem nicht so lautstark!«

»Wir singen heute die *Ode an die Freude*!«, ruft Corinna aus.

»Um Gottes willen! Außerdem singst du nicht, Corinna, schon vergessen?«

»Das ist was anderes.«

»Warum?«, will David wissen.

»Das ist ein Protestlied!«, antwortet Corinna.

»Die *Ode an die Freude*? Und Protest wogegen genau?«

»Gegen das Virus, gegen den Staat, gegen die Einsamkeit, gegen das Leben, gegen alles einfach!« Corinna beginnt grölend zu singen: »Freude, schöner Götterfunken, Tochter aus Elysium, wir betreten schwer betrunken …«

»Nicht so laut! Und es heißt feuertrunken, nicht schwer betrunken! Corinna!«

Unschuldig wendet sich Corinna um: »Ja, was ist?«

»Sie kann jeden Augenblick da sein!«

»Wer?«

»Mercedes!«

»Vielleicht ist es auch ein Protestlied gegen Mercedes!«

»Corinna!«

Corinna kommt in die Wohnung zurück und stellt sich vor David.

»Du willst also nicht, dass sie mich sieht.«

»Blödsinn.«

»Was hast du ihr denn gesagt? Dass ein Freund bei dir ist? Oder deine Schwester? Oder vielleicht deine Tante?«

Corinna läuft wieder auf den Balkon und beginnt zu klatschen und zu singen. David freilich hat überhaupt keine Lust, sich weiter provozieren zu lassen, schließt die Tür und sperrt ab. Soll die einmal draußen bleiben und sich beruhigen.

Es läutet an der Haustür.

Corinna hat es gehört und versucht, vom Balkon wieder in die Wohnung zu kommen, aber es geht nicht. Sie dreht sich eine Zigarette, raucht und wartet. Was geht da vor sich? Nach ein paar Minuten kommt David aus dem Hausflur zurück. Er wirkt fröhlich, läuft zum Balkon, sperrt auf und öffnet die Tür.

»Danke, sehr nett«, sagt Corinna und macht keine Anstalten, in die Wohnung zu kommen.

David umarmt Corinna fest und drückt ihr zwei Küsse auf die Wange.

»Corinna! Sie hat … sie hat mich geküsst!«

»Was? Durch deinen Schal?«

»Nein, nicht mit Zunge oder was, aber so!« Er drückt Corinna wieder zwei Küsse auf die Wangen.

»Die Kollegin hat dir zwei Küsschen gegeben, und du tust so, als hättest du gerade mit Megan Fox geschlafen?«

»Aber das ist doch fantastisch!«, ruft David aus.

»Megan Fox?«

»Und so mutig!«, fügt David hinzu.

»Mutig?« Was daran soll mutig sein, fragt sich Corinna.

»Sie hat sich getraut, obwohl ich ja krank sein könnte!«

»Dass du krank bist, glaubt an Tag elf nicht mal die Gesundheitsbehörde.«

»Mercedes hat vor drei Tagen eine Beziehung beendet, die schon lange nicht mehr gut für sie war«, erzählt David.

»Das hat sie dir auch gesagt?« Corinna ist verwundert.

»Ja, das hat sie so nebenbei fallenlassen … Sie war bei ihrem Ex … ein Tangotänzer!«

»Was sonst?!« Corinna lacht auf. »Und sie hat ihn besucht? Im Lockdown?«

»Sie hat mit ihm Schluss gemacht«, wiederholt David. »Weil sie allein die Vorstellung, den Lockdown mit ihm zu verbringen, grauenvoll gefunden hat.«

»Grrrauenvoll, sie hat sicher grrrauenvoll gesagt«, spottet Corinna und kommt in die Wohnung zurück. Sie sieht David in die Augen. Sie muss jetzt versuchen, weder provokant noch traurig zu klingen, sondern sachlich. Rein sachlich. »Na wunderbar. Dann ist ja alles klar zwischen euch.«

»Und wenn der ganze Wahnsinn hier vorbei ist«, fährt David mit leuchtenden Augen fort, »dann lädt sie mich ein … und kocht … etwas Veganes!!«

»Also weiß sie jetzt endlich, dass du nicht dauerhaft mit einer wahnsinnigen, manischen, verkrachten, saufenden, fleischfressenden Kellnerin zusammenlebst. Und dass du kein Samsung-Handy hast!«

»Ja«, sagt David verträumt.

»Was genau hast du ihr gesagt?«, will Corinna wissen. »Dass du mit einer wahnsinnigen, manischen, verkrachten, saufenden, fleischfressenden Kellnerin und ihrem abgeloosten Samsung-Handy zusammenlebst?«

»Ich habe ihr das gesagt, was du mir geraten hast.«

»Und das wäre?«

»Die Wahrheit.«

»Und was ist die Wahrheit?«

»Dass ich mit einer etwas exzentrischen Frau in Quarantäne bin, mit der ich aber keine Beziehung habe.«

»Aha.«

»Stimmt doch, oder etwa nicht?«

»Du hast das vom Tinder-Date gesagt?«, fragt Corinna nach.

»Ja«, antwortet David. Er sieht Corinna in die Augen und sagt: »Weißt du, Corinna, du bist genial.«

»Ich? Genial?«

»Es war einfach so unglaublich erleichternd, die Wahrheit zu sagen und nicht herumzudrucksen.«

»Du hast mir das selbst erklärt, schon vergessen? Die Spiegelneuronen. Die Menschen spiegeln immer den anderen Menschen, mit dem sie in Kontakt sind.«

»Aber die praktische Umsetzung habe ich dir zu verdanken! Und ich habe den Eindruck, das hat sich auf Mercedes übertragen … diese Offenheit. Wir sind jetzt irgendwie … offen füreinander.«

Corinnas Augenlid beginnt zu jucken. Nein, Corinna, fleht sie sich selbst an, bitte jetzt nicht heulen!

»Corinna?«, fragt David besorgt. »Freust du dich etwa nicht?«

»Doch, David«, antwortet Corinna mit tränenerstickter Stimme, »ich freu mich – wirklich – sehr – schön für dich, David … schön – für euch …«

Corinna kann die Tränen nicht mehr zurückhalten und läuft ins Badezimmer.

David sieht ihr verwundert nach. »Also mit einem hat sie recht«, murmelt er. »Ich verstehe wirklich nichts von Frauen.«

Tag 12/1:
Stockholm

Grau in Grau und ziemlich kühl hat dieser Tag begonnen. Sowohl David als auch Corinna haben bereits kurz nach dem Aufstehen gemeint, am liebsten wieder schlafen gehen zu wollen, so müde haben sie sich gefühlt. Die Routine des Kalenderblatt-Abreißens haben sie mit entsprechender Lustlosigkeit durchgeführt. Immerhin: Tag 12, nur noch zwei Tage oder zweieinhalb. Seltsamerweise will bei beiden keine rechte Freude darüber aufkommen.

»Warum jubeln wir eigentlich nicht?«, fragt Corinna.

»Keine Ahnung«, antwortet David. »Vielleicht ist das so etwas wie das Stockholm-Syndrom.«

»Das was?«

»Das Stockholm-Syndrom. Wenn Opfer einer Geiselnahme positive Gefühle für ihre Entführer entwickeln.«

»Und du meinst, wir haben uns jetzt schon so eingelebt in unserem gemeinsamen Corona-Geisel-Leben, dass es uns insgeheim gefällt?«, fragt Corinna.

»Keine Ahnung«, sagt David. »Aber seltsam ist es schon, dass wir nicht in Jubel ausbrechen, wo es doch so gut wie geschafft ist.«

»Darf ich jetzt ins Bad?«, fragt Corinna. Einer ihrer klassischen Themenwechsel.

»Kein Problem«, antwortet David, »ich muss mich jetzt ohnehin auf die nächste Probe vorbereiten.«

Während Corinna im Badezimmer verschwindet, geht David auf dem Klavier noch einmal seinen Part durch. Danach öffnet er die Online-Konferenzschaltung auf seinem Laptop … alle schon da! Er freut sich, dass auf seine Schülerinnen und Schüler Verlass ist. Und er freut sich, Mercedes wiederzusehen.

Energischen Schrittes kommt Corinna aus dem Nebenraum.

»Wo hast du deine Tampons?«, fragt sie.

David loggt sich schnell aus. Das scheint keine Konversation zu werden, die unbedingt alle mithören müssen.

»Was?«, fragt er.

»Wie bitte heißt das«, antwortet Corinna schnell. »Ich brauche Tampons.«

»Ich habe keine Tampons«, sagt David.

»Ach«, meint Corinna, »dann muss ich wohl Mercedes bitten, mir welche zu kaufen.«

»Ich hol dir welche!«, sagt David. »Später! Nach der Probe.«

»Du hast plötzlich keine Angst mehr, dass die Tampons 3600 Euro kosten?«

»Das ist doch peinlich«, meint David. »Mercedes zu fragen.«

»Mir nicht. Jetzt, wo sie die Wahrheit weiß«, sagt Corinna und fragt sich gleichzeitig, ob Mercedes auch wirklich die Wahrheit kennt.

David zeigt auf seinen Laptop: »Ich hab' jetzt Probe.«

»Es ist noch nicht so schlimm, ich werde mir Einlagen aus deinen Waschlappen basteln, falls es dich interessiert«, gibt Corinna zurück. Schnippisch fügt sie hinzu: »Immerhin bin ich nicht schwanger geworden.«

David sieht sie entgeistert an: »Es wäre auch ziemlich schwer gewesen, in den vergangenen zwölf Tagen schwanger zu werden.«

»Ach so?«, fragt Corinna nach.

»Ja«, meint David etwas genervt.

»Sicher?« Corinna will es jetzt endlich ganz genau wissen. In zwei Tagen ist das hier Geschichte, sie wird David wahrscheinlich nie wiedersehen, denn er interessiert sich für eine andere: Corinna ist sich sicher, jetzt in der Stimmung zu sein, die volle Wahrheit zu verkraften, auch wenn sie ekelhaft, schrecklich oder peinlich sein sollte. »Also«, fährt sie fort, »da wir uns ohnehin bald nie wieder sehen … Was war los?«

»Was meinst du – was war los?«, fragt David ungeduldig nach.

»In der ersten Nacht? Was genau ist in der ersten Nacht passiert?«

»Corinna! Ich hab' jetzt Probe! Ich – gehe – jetzt – online!«

Tag 12/2:
Scheißkerle

Das Grau, das den ganzen Tag etwas düster gefärbt hat, ist der Schwärze der Nacht gewichen. David fällt auf, dass es in der Straße unter seiner Wohnung viel dunkler ist als sonst. Es fehlen die Leuchtreklamen, die Scheinwerferkegel der Autos, die beleuchteten Namenszüge der Restaurants und Bars.

Immerhin, jetzt, da es finster ist, sind Corinna und David nicht mehr so müde wie noch am Vormittag. Corinna hat den Tisch festlich gedeckt, doch diesmal ist sie vor dem Candle-light-Dinner nicht davongerannt, sondern hat sich zwei Hühnerkeulen gebraten, die sich dankenswerterweise in der letzten Lieferung befunden haben. David gibt sich mit Gemüsereis zufrieden. Immerhin, er trinkt heute auch von dem Weißwein, den Mercedes gebracht hat, einem einfachen, aber süffigen Pinot Grigio. Und der macht ihn gar nicht so müde, wie Alkohol sonst, sondern im Gegenteil fast ein wenig übermütig. Corinna hat gefragt, wie es seinen Eltern gehe, und obwohl David sonst gerade bei diesem Thema ziemlich einsilbig ist, erfährt Corinna doch einiges aus Davids Kindheit: »Es sind die langweiligsten Eltern, die man sich vorstellen kann«, erzählt David. »Und die besten Eltern, die ich mir vorstellen kann.«

»Was machen sie beruflich?«, will Corinna wissen.

»Sie sind beide in Pension. Langweilig. Sie hatten wahnsinnig langweilige Berufe, er als Techniker in einer Tiefbaufirma, sie in der Buchhaltung bei der Bank. Sie blieb zu Hause, bis ich zwölf war, und hat jeden Tag für mich gekocht. Papa kam um sechs nach Hause, dann gab es Abendessen und fernsehen. Sie haben ein kleines Reihenhaus mit Garten, da bin ich auch schon aufgewachsen. Einmal im Jahr sind wir ans Meer gefahren, immer nach Jesolo, immer ins Hotel Casa bianca. Corinna? Schläfst du schon? Ich sage ja, das ist alles sehr, sehr langweilig. Aber als Kind hat man es gern, wenn es langweilig ist. Kinder mögen Stabilität. Für Drama haben sie nichts übrig. Und jetzt bin ich sehr froh, dass die beiden einander haben. Sie gehen wie immer nicht aus dem Haus, treffen wie immer keine Leute, fürchten sich gemeinsam vor Corona und haben es ansonsten recht gut.«

»Kein Trauma? Keine Verluste? Keine Affären, keine unehelichen Kinder? Versteckter Alkoholismus, Tablettensucht, Gewalt?«

»Ich sag's dir ja, es sind die bravsten Leute der Welt. Das Verrückteste, was sie gemacht haben, ist eine Fahrt in einem Heißluftballon. Davon reden sie immer noch. Das war 1988.«

»Beneidenswert.« Corinna schmunzelt. »Also für dich. An ihrer Stelle wäre mir wahrscheinlich doch ein wenig langweilig.«

Corinna nagt hingebungsvoll an ihrer Hühnerkeule. »Fragt dich deine Mutter eigentlich oft, ob du schon die Richtige gefunden hast?« Sie sieht David an.

»Woher weißt du das?«, fragt er zurück.

»Weil du ein klassischer Fünfer bist.«

»Ein Fünfer?« Darauf kann sich David keinen Reim machen.

»In meiner Typenlehre von Scheißkerlen«, erklärt Corinna.

»Und wie geht die?«

»Pass auf: Der Einser ist der Perfekte. Seine Eltern bewundern ihn, seine Kollegen lieben ihn, er hat eine Eins-a-Ausbildung, er sieht gut aus, ist sportlich, verdient gut, hat ein tolles Auto, aus dem er sich aber nichts macht, kleidet sich lässig und doch elegant ...«

»Und wo liegt das Problem?«, will David wissen.

»Die Frau für ihn ist noch nicht geboren. Denn keine könnte so perfekt sein wie er ... Dann geht es weiter. Der Zweier ist der verkappte Frauenhasser. Souverän, laut, protzig, von der Mutter als kleiner Prinz erzogen und nie eines Besseren belehrt worden. Er hat schon mit einer dreistelligen Nummer von Frauen geschlafen, denn Frauen lieben Scheißkerle, die sie schlecht behandeln und belügen. Der Dreier ist verheiratet, hat zwei Kinder, einen Hund und ein Haus am Stadtrand, sagt dir das aber alles nicht. Jedenfalls nicht beim ersten Date, sondern erst, wenn er deiner überdrüssig geworden ist. Der Vierer ist das große Kind. Er wird seine Playstation stets mehr lieben als alles andere auf der Welt. Er kann dir alle Staffeln von *House of Cards* detailliert nacherzählen, und es beeindruckt ihn nur eines, nämlich wenn er seine eigene KD bei *Call of Duty* übertrifft. Der Fünfer ist der Kumpeltyp. Er ist nett, er findet es sehr okay, allein zu leben, denn er liebt seine Unabhängigkeit. Nur die ständige Frage der anderen, warum er denn die Richtige noch nicht gefunden hat, nervt ihn ein bisschen. Seine Mutter würde am liebsten Dates für ihn arrangieren, und auch seine Freunde versuchen, ihn zu verkuppeln. Aber er ist leider schrecklich unverbindlich.«

»Da hab' ich ja mit dem Fünfer noch Glück gehabt«, bemerkt David und schenkt beiden nach.

»Für dich beginnt jetzt die gute Zeit«, meint Corinna und nimmt einen großen Schluck Wein. »Du kannst auswählen. In unserem Alter gibt es jede Menge Frauen auf dem Markt, die einen attraktiven potenziellen Vater suchen.«

David lacht verlegen und trinkt einen Schluck Wein. Er weiß nicht genau, was er darauf sagen soll. Ist er attraktiv? Nun ja, wahrscheinlich schon. Potenzieller Vater? Aber will er das?

»Potenzieller Vater«, erklärt David, »das klingt … seltsam. Biologische Uhr und alles, so tickst du doch nicht? Oder? Corinna?«

»Ich werde dir jetzt sicher nicht erzählen, dass es bei mir ständig *tick-tack* macht und ich mich nach Kindern sehne, nein, das sicher nicht. Aber für euch Männer ist es jetzt mit dreißig leichter, eine Partnerin zu finden, als für uns, glaube mir. Mit zwanzig war es umgekehrt, da konnten wir auswählen. Und wenn wir uns geirrt haben, was die Regel war, hat es ja nichts gemacht. Aber jetzt? Mit dreißig, zweiunddreißig, dreiunddreißig? Ich komme mir manchmal vor wie ein Weihnachtsgeschenk, das am 24. Dezember vormittags immer noch im Geschäft rumliegt …«

»Ach komm! Du bist doch eine Superfrau!«, widerspricht David.

»Den Satz habe ich schon oft gehört«, erwidert Corinna. »Der Satz ist aber da nie zu Ende. Es folgt entweder *eine Superfrau, eigentlich* oder *eine Superfrau, aber* …«

»Wird schon noch werden!«, meint David, wobei er selbst auch nicht so genau weiß, was denn noch werden möge.

»Ich dachte auch immer, das Beste kommt noch«, sagt Corinna. »Aber es kam nie. Und allen wollte ich es recht machen! Für Scheißkerl Typ eins habe ich ein Nagelstudio aufgesucht und High Heels getragen. Hat nur zwei Wochen gehalten. Mit Typ zwei, dem Frauenhasser, war ich fast zwei Jahre zusammen. Im ersten Jahr habe ich nicht geglaubt, dass er so ist. Im zweiten Jahr wollte ich es nicht glauben. Mit Typ drei, dem verheirateten Mann, hatte ich eine Affäre, die fast ein Jahr lang gedauert hat. Mit Typ vier war ich ein halbes Jahr zusammen, dann war ich es leid, beim Sex wie ein Joystick behandelt zu werden. Allen wollte ich gefallen, und alle haben mich dafür mit der Höchststrafe bedacht, nämlich Desinteresse.«

»Warum ziehen sich Frauen jeden Schuh an?«, fragt David.

»Vielleicht, weil die meisten verrückt nach Schuhen sind«, antwortet Corinna.

»Das ist jetzt aber sehr postfeministisch«, meint David.

Corinna lacht. »Siehst du«, sagt sie, »eine typische Äußerung von Typ fünf. Das bist du, wenn ich dich daran erinnern darf. Witzig. Kumpel. Nett, gutaussehend, nur eben ein bisschen unnahbar. Wie heißt es immer so schön? ›Wir können ja gute Freunde bleiben.‹«

Corinna fragt sich, warum die Natur so gemein ist und so etwas wie Alkohol oder Verliebtsein erfunden hat. Eine Substanz und ein hormonelle Substanzen freisetzender Zustand, die das Gehirn ausschalten, dadurch glücklich machen, und die einen am Ende trostlos und allein zurücklassen. Ist die Natur eine Verbündete der Scheißkerle? Setzen sich die mit ihrer Hilfe ständig durch? Würde es überhaupt Kinder, sprich, ein Weiterbestehen der Menschheit geben, wenn wir nicht seit Jahrtausenden auf die verschiedenen Räusche hereinfallen würden? David reißt sie aus ihren Gedanken.

»Corinna, du könntest …«

»Ich weiß, ich könnte meine Erwartungen runterschrauben, bis ich im untersten Kellerabteil ankomme. Das hat meine Mutter gemacht. Ist auch nicht gutgegangen.« Sie trinkt ihren Wein aus und schenkt sich und David nach.

David möchte die Sache mit den Scheißkerlen nicht unbedingt vertiefen, deshalb entscheidet diesmal er sich für einen Themenwechsel.

»Und wie geht es ihr? Deiner Mutter?«

»So weit, so gut … Sie sieht alles total optimistisch.«

»Bist du dir sicher, dass sie mit dir verwandt ist?«

Corinna lacht. Die Bemerkung hätte eigentlich von ihr sein können. »Sie sagt, Corona wird unser aller Leben zum Besseren verändern. Die Leute werden mehr Homeoffice machen und weniger wie die Irren durch die Gegend fahren. Und sieh dir den Himmel an, sagt sie: kein Kondensstreifen! Kein Flugzeug weit und breit.«

»Sobald man wieder fliegen darf, wird wieder geflogen werden«, meint David.

»Meine Mutter schickt mir dauernd Videos«, erzählt Corinna. »Sieh dir das mal an, auf YouTube … riesige Finnwale direkt in der Bucht von Marseille. In Venedig ist das Wasser in den Kanälen klar geworden. Fischschwärme, überall.«

»Angeblich ändert Corona nichts an der Klimakrise, gar nichts«, sagt David und leert sein Glas.

»Aber die Menschen werden nachdenken«, meint Corinna. »Sie werden sich an ein Leben ohne Auto und ohne Flugzeug gewöhnt haben … und sie werden verstehen, dass die Klimakrise das viel schlimmere Problem ist, das zu viel größeren Einschränkungen führt, wenn wir nichts tun.«

»Das glaubst du im Ernst, Corinna?«

»Das glaubt meine Mutter. Für sie ist Corona ein Zeichen … Zuerst war sie in Weltuntergangsstimmung, aber jetzt glaubt sie, das Virus wird uns helfen zu erkennen, dass wir unser Leben ändern müssen … dass wir unser Leben ändern können. Und die Populisten haben versagt, das freut sie auch. Entzaubert, die ganzen Großmäuler.«

»Die werden wiederkommen«, widerspricht David. »Spätestens, wenn man draufkommt, wie wir verarscht wurden!«

»Verarscht?«

David schenkt nach und nimmt einen Schluck. »Weißt du, was mir so auf die Nerven geht? Dass es jetzt in der Politik um das *Narrativ* geht. Es wird nicht regiert, es werden uns *Erzählungen* serviert. Und die Erzählungen müssen so lauten, dass bewusst Ängste geschürt werden. Die Angst, qualvoll zu ersticken als Urangst der Menschen wird kommuniziert. Kinder sollen sich schuldig fühlen, wenn ihre Eltern und Großeltern sterben, weil sie sie angesteckt haben. Man muss sich von den Angehörigen verabschieden, die allein im Gang eines Krankenhauses ersticken … Jeder wird jemanden kennen, der an Corona gestorben ist, das war laut Regierung die Schlüsselmessage. Es wird Zehntausende Tote geben!«

»Vielleicht wird es noch Zehntausende Tote geben. Vielleicht erschrecken sie uns, weil sie es gut mit uns meinen.«

»So gut wie Eltern, die vom Schwarzen Mann erzählen.« David ist jetzt richtig in Fahrt gekommen. »So gut wie die Kirche, die mit der Hölle droht. Sie haben es so weit gebracht, dass wir uns alle vor der Polizei fürchten, wenn wir das Haus verlassen, du hast es doch selbst auch schon gemerkt. Dabei kennt sich im Grund kein Mensch aus, was er darf und was er nicht darf, und ich verspreche dir, all die Erlässe und Verordnungen werden vor dem Verfassungsgerichtshof nicht halten!«

»Wir werden unabhängiger werden, sagt meine Mutter. Wieder mehr in Europa produzieren. Die Fußballer werden nicht mehr Millionen verdienen, aber die Leute im Pflegedienst und an der Supermarktkasse dafür ein paar Hunderter mehr.«

»Das glaubst du doch nicht wirklich«, widerspricht David. »Die an der Kasse wird weiter 800 Euro bekommen. Und der Immobilien-Milliardär 800 Millionen aus dem Notfallfonds.«

»Wir werden Urlaub zu Hause machen und persönliche Kontakte wieder mehr schätzen«, sagt Corinna.

»Mir kommt vor, deine Mutter ist jünger als wir.«

»Sie ist erst einundfünfzig.«

»Sie hat dich jung bekommen.«

»Sie war neunzehn. Und ihre Mutter, meine Großmutter, war auch neunzehn, als sie sie bekommen hat. Und bei beiden haben sich die Männer im gleichen Augenblick aus dem Staub gemacht. Ich bin natürlich auch mit neunzehn schwanger geworden.«

»Und was ist passiert?«

»Ich habe abgetrieben.«

»Das tut mir leid.«

»Mir nicht. Nicht sehr … Aber meine Träume habe ich deshalb auch nicht verwirklicht, das scheint eine Art Familienfluch zu sein.«

»Deine Träume?« Vielleicht kann ich mehr erfahren, denkt David, über ihre Leidenschaft für das Singen, das Malen … Aber Corinna will darüber nicht reden, deshalb kommt sie wie selbstverständlich auf die Träume ihrer Mutter zurück. »Sie hat es noch immer nicht geschafft, mit einem 2CV durch Europa zu gondeln, weil sie keinen 2CV hat und niemanden, der sie begleitet.«

»Du könntest sie begleiten.«

»Meine Mutter? In einem 2CV? Da werden wir beide wahnsinnig!«

»Was macht sie beruflich?«, will David wissen.

»Sie ist Sozialarbeiterin«, antwortet Corinna. »Kinder- und Jugendhilfe. Eine von denen, die geglaubt hat, sie kann etwas ändern. Und was sie nicht erreicht hat an Weltverbesserungen, soll jetzt Corona schaffen.«

»Weißt du, was sich durch Corona ändern wird: nichts. Gar nichts.« Und wieder nimmt David einen Schluck Wein. »Sobald es wieder geht, werden die Leute in ihre Autos steigen, durch die Gegend fahren, Staus produzieren, die Luft verpesten, um 29 Euro in den Süden fliegen, Billigfleisch fressen von medikamentenverseuchten Schweinen, die weiterhin erlaubt sein werden, obwohl es durch die Antibiotikaresistenzen mehr Tote gibt als durch das ganze Scheißvirus, die Leute werden weiterhin die Felder mit Gift besprühen, Waffen produzieren und Krieg schüren und die von ihnen verschuldeten Flüchtlinge im Meer ersaufen lassen. Sogar mit dem Händewaschen werden sie sehr schnell wieder aufhören. Du wirst schon sehen.«

»Lass mir auch etwas von dem Wein!«, sagt Corinna. David lächelt. Corinna sieht ihm in die Augen. Die Kerze flackert zwischen ihren vom Wein erhitzten Gesichtern. Jetzt, denkt Corinna. Jetzt will sie die Wahrheit darüber wissen, was am ersten Abend geschehen ist. Aber sie wird nicht direkt fragen, sie wird es anders herausfinden … und wer weiß, vielleicht ergibt sich etwas daraus?

»Was meinst du, David«, haucht sie, »wir könnten jetzt einfach wiederholen, was in der ersten Nacht passiert ist.«

»Bitte nicht!«, ruft David aus, ohne auch nur eine Sekunde nachzudenken. Corinna muss lachen. Das war jetzt schon sehr direkt.

»Obwohl«, fährt David fort, »es war schon sehr interessant, was du mir über deine Träume erzählt hast … das Malen, das Singen …«

»Ich bitte dich hier und jetzt in aller Offenheit, mir einfach nur die Fakten zu kommunizieren. Und ich gebe hier und jetzt zu, dass ich wirklich keine Ahnung habe. Filmriss. Ich bin nicht schwanger, das weiß ich jetzt immerhin.«

David lacht auf. »Es wäre auch schwer möglich gewesen, schwanger zu werden.«

»Verstehe«, sagt Corinna, um sich gleich darauf zu korrigieren. »Also ich verstehe nicht.« Was Corinna jedoch tatsächlich versteht, ist, dass sie nun die Frage stellen muss. Auch, wenn sie das immer noch als etwas demütigend empfindet.

»Also, David. Was ist in der ersten Nacht passiert?«

David lächelt. Immerhin, sie fragt. Geht ja.

»Also gut … Nach dem Wodka und den zwei Flaschen Rotwein musstest du noch rauchen.«

»Oh weh, jaja …«

»Nach deiner Wochenration Gras, die du mit Mühe in die Riesentröte gepackt hast, musstest du kotzen, und davon wird man bekanntlich nicht schwanger.«

»Gekotzt? Das ist mir wirklich sehr peinlich.«

»Ich habe dich gehalten und gestützt und das ganze Badezimmer geputzt, weil du nicht mehr so treffsicher warst«, erzählt David. »Eigentlich habe ich noch nie jemanden so kotzen gesehen.«

»Oh mein Gott. Habe ich auch geschnarcht?«

»Und wie. Ich habe es bis hierher gehört.«

»Bis hierher?«

»Na, bis zum Sofa hier!«, bestätigt David.

»Du hast auf dem Sofa übernachtet?«

»Ja sicher, was glaubst denn du?«

»Wir haben gar nicht … nicht einmal ein bisschen?« Corinna will es jetzt genau wissen, aber David fragt nur: »Glaubst du, ich will mit einer Leiche schlafen?«

»Ich danke dir für deine Offenheit«, sagt Corinna und lacht. »Vielleicht ist es ja auch so, dass du es dir für einen besseren Augenblick aufheben wolltest?«

David überlegt.

»Sag jetzt nichts Falsches, David«, flüstert Corinna. »Ja, du wolltest es dir für einen besseren Augenblick aufheben, aber dieser Augenblick hat sich dann leider nie ergeben.«

»So wird es wohl gewesen sein«, sagt David und lächelt. »Aber ... vielleicht ist dieser Augenblick jetzt gekommen?«

»David! Ich glaube, du bist betrunken!«, sagt Corinna, aber sie kommt nicht umhin, sich einzugestehen, dass sie Gefallen an Davids Interesse findet, betrunken oder nicht.

»So betrunken bin ich wieder nicht«, sagt David und lacht ebenso unschuldig wie unverbindlich. »Ich meine, es soll Leute geben, die machen das einfach nur zum Spaß.«

»Hab' ich auch schon gehört«, gibt Corinna zurück und sieht David an, seine gepflegten Hände, seine starken Arme, seine warmherzigen Augen. Sie hätte eigentlich überhaupt nichts dagegen, es einfach nur zum Spaß zu machen. Eigentlich. Aber wenn sie in den vergangenen zwei Wochen etwas gelernt hat, dann ... Corinna ist plötzlich verwirrt. Was hat sie denn in den vergangenen zwei Wochen gelernt? Hat sie überhaupt etwas gelernt? Wäre es nicht unheimlich schön, sich jetzt einfach zu vergessen, gehenzulassen, fallenzulassen?

David steht auf und nimmt Corinna an der Hand. Wie groß und wie warm diese Hand ist, denkt Corinna und bemerkt, dass ihr ein wohliger Schauer den Rücken hinabrieselt.

»Komm«, sagt David, und wie ferngesteuert steht Corinna auf. David zieht sie ein paar Schritte sanft nach. Dann setzt er sich ans Klavier und schlägt ein paar Akkorde an ... F ... A ... G ... C ... F ... Es beginnt ganz zart und innerlich zu vibrieren, Corinnas Körper wird von den Tönen zum Schwingen gebracht, sie kann sich gar nicht dagegen wehren, und seltsamerweise will sie sich auch nicht dagegen wehren, und als der

Augenblick ihres Einsatzes kommt, sieht David sie so ermunternd und freundlich und wohlwollend an, dass Corinna anfängt zu singen, leise zuerst, fast summend, dann mit zunehmender Selbstsicherheit, bis sie schließlich aus voller Kehle und ganzem Herzen die Töne in die Welt schickt ...

Heart and soul, I fell in love with you
Heart and soul, the way a fool would do, madly
Because you held me tight
And stole a kiss in the night
Heart and soul, I begged to be adored
Lost control, and tumbled overboard, gladly
That magic night we kissed
There in the moon mist
Oh! but your lips were thrilling, much too thrilling
Never before were mine so strangely willing
But now I see, what one embrace can do
Look at me, it's got me loving you madly
That little kiss you stole
Held all my heart and soul ...

Tag 13:
Winzige Kleinigkeit

Als David ins Wohnzimmer schleicht, sieht er Corinna auf dem Sofa liegen, bis zu den Ohren in die Decke gehüllt. Wie süß sie aussieht, wenn sie schläft. So friedlich und so anders wirken ihre Gesichtszüge: entspannt, glücklich. So hat sie gestern auch ausgesehen, als sie gesungen hat. Warum bloß macht sie nichts aus ihrer Stimme? Aus ihrem Leben? Aber was heißt das schon, »etwas aus seinem Leben machen«, reicht es nicht, einfach zu leben? Gibt es eine Verpflichtung, effizient zu sein? Glücklich zu sein? Nein, die kann es nicht geben, denkt David, und wenn, dann ist sicher nicht er derjenige, der über Corinnas Glück oder Unglück zu urteilen hat. Und doch tut es ihm leid, dass hier so viel Talent brachliegt und so viel Freude verlorengeht.

Um seinen fruchtlosen Gedanken ein Ende zu setzen, reißt David die Vorhänge und die Balkontür auf. Blauer Himmel, gleißende Sonne: Es scheint, als hätte der Wettergott nichts davon mitbekommen, dass wir in düsteren Zeiten leben, beschwert sich David, während er beginnt, Teller, Besteck und Gläser in die Küche zu räumen. Er hebt Corinnas Kleidung vom Boden auf, legt sie zusammen und fein säuberlich auf die Lehne des Sofas. Danach wischt er mit einem Staubwedel über alle Oberflächen und geht ins Badezimmer, um den Staubsauger zu holen.

Corinna dreht sich um … Wie schön war das gestern, das

Singen! Sie fühlt sich noch immer erfrischt davon, und so lebendig! Sie legt das Kissen über ihren Kopf, um die Töne und Träume nachklingen zu lassen, versucht es auf der anderen Seite, doch der Staubsauger ist zu laut. Entnervt setzt sie sich auf.

»Hör endlich auf, sauberzumachen!«, ruft sie aus und versucht, Davids riesigen Pyjama so an ihrem Körper zu platzieren, dass sie nicht unnötig albern aussieht.

»Ich mache in meiner Wohnung sauber, wann ich will!«, gibt David zurück.

»Aber wenigstens am vorletzten Tag hättest du mich ausschlafen lassen können!« Sie rafft sich auf, geht zum Kalender und reißt – fast schon routiniert – das Blatt ab. Tag 13. Sie bückt sich und zieht den Stecker aus der Dose. Stille. David sieht sie verblüfft an.

»Bitte, David«, sagt sie. »Es war so schön gestern. Gönn mir ein sanftes Erwachen. Ich sauge später, wenn du mich lässt.« Sie streckt sich, gähnt theatralisch, klimpert mit den Wimpern und fragt: »Machst du mir einen Espresso, bitte?«

David lächelt entwaffnet und verschwindet in der Küche.

»Ich weiß noch nicht, ob ich dich lasse«, sagt er, als er mit dem Kaffee zurückkommt.

»Was?«

»Staubsaugen. Du hast eine viel zu schöne Stimme dafür.«

Corinna lacht auf. »Lüg mich nicht an! Ich weiß genau, dass du glaubst, ich kann nicht so gut saubermachen wie du!«

»Durchschaut!«, sagt David fröhlich. »Aber eines sage ich dir auch noch, und zwar ganz ernst: Wir haben eine fantastische Gesangspädagogin an der Musikschule ... du bist ganz sicher nicht ihre älteste Schülerin. Und hör endlich damit auf, dich mit anderen zu vergleichen! Du bist einzigartig! Du frischst deine Fähigkeiten ein wenig auf, das reicht ... Echt,

Corinna, ich kenne so viele Clubs und Bars, wo du auftreten und die Leute glücklich machen könntest. Es wäre wirklich extrem schade, wenn du nicht singst, Corinna. Schade für dich, und schade für die Menschheit.«

Corinna schlürft genüsslich ihren Espresso. Es fällt ihr gar nichts Abwehrendes gegen Davids Vorschlag ein, jedenfalls nichts Originelles, deshalb sagt sie nur: »Danke, das ist sehr lieb von dir. Ich fange mal damit an, dass ich jetzt noch nicht rauche, weil das wirklich nicht gut für die Stimme ist. Ich bin jedenfalls sehr froh ... dass wir das gemacht haben. Und ich bin auch sehr froh, dass wir sonst nichts gemacht haben. David! Du warst wirklich betrunken, glaube ich! Um ein Haar hättest du mich verführt! Wie kannst du bloß, wo du doch eigentlich Mercedes ...«

»Ich möchte nichts Falsches sagen«, fällt ihr David ins Wort, »aber ... ich bin Wein wirklich nicht gewohnt! Und außerdem wollte ich dich nur zum Singen verführen!« Mehr fällt ihm zu seiner Rechtfertigung nicht ein, und so fügt er nur hinzu: »Zum Glück warst du mal vernünftig.«

Corinna lächelt. »Kommt ohnehin nicht so oft vor, nicht wahr?« Sie mustert David, versucht, seine Gefühle zu lesen, aber es gelingt ihr nicht.

»Ich habe gesehen, du hast deinen Tinder-Account gelöscht«, sagt sie.

»Ja«, bestätigt David.

»Bist du dir so sicher, dass das was wird? Mit Mercedes?«

»Auf jeden Fall bin ich mir sicher, dass das mit Tinder nichts wird.«

»Ich war wohl ein ziemlicher Fehlgriff, was?«, sagt Corinna und lacht versöhnlich. »Darf ich dann mal ins Bad?«

»Und du? Deinen Account hast du noch?«, will David wissen.

»Ja«, antwortet Corinna. »Bis jetzt hatte ich es nicht nötig, aber vielleicht möchte ich nicht allein alt werden, allein sterben und allein begraben liegen.«

»Ach, hör auf. Du bist jung!«

»Vielleicht versuche ich es trotzdem ein zweites Mal.«

»Was?«, fragt David. »Wie meinst du: ein zweites Mal?«

»Du warst mein erstes Tinder-Treffen«, sagt Corinna.

»Nein!«

»Doch, David, ehrlich. Mein erstes. Und vermutlich mein längstes. Ich hatte immer schon einen tollen Instinkt für falsches Timing.«

David sieht Corinna an. Soll er ihr das glauben oder nicht? Aber warum sollte sie ihn anlügen? Wenn sie nun schon in Offenbarungslaune ist, vielleicht verrät sie ihm auch zwei andere Dinge, die er seit genau vierzehn Tagen sehr gerne wüsste.

»Wenn ich dich jetzt etwas frage«, beginnt er, »werden meine Chancen gleich null sein, eine vernünftige Antwort von dir zu bekommen.«

»Wieso?«

»Weil du so bist.«

»Vielleicht hast du recht. Was willst du fragen?«

»Weil wir jetzt ganz am Ende sind … und weil …« Jetzt weiß David nicht weiter.

Corinna hilft ihm: »Du möchtest wissen, welche *winzige Kleinigkeit* mich an deinem Profilbild interessiert hat. An deinem ehemaligen Profilbild.«

»Woher weißt du das?«, fragt David verblüfft.

»Weil ich seit dreizehn Tagen darauf warte, dass du mich danach fragst«, antwortet Corinna. »Genau genommen waren es zwei *winzige Kleinigkeiten*.«

»Richtig. Das hast du gesagt.«

»Erstens hast du dich in deinem Profiltext als *rechtschaffen* bezeichnet«, erklärt Corinna.

»Ja, und?«

»Das ist ein altmodisches, schönes Wort. Und du bist sicher der einzige Mann in allen Partnerbörsen der Welt, der das Wort *rechtschaffen* in seiner Beschreibung verwendet.«

»Aber das bin ich doch? Rechtschaffen?«, will David wissen.

»Trotz deines gestrigen Versuchs, mich zu verführen ... Ja, David, das bist du.«

»Und die zweite *winzige Kleinigkeit*?«

»Das Zweite war ein Detail auf deinem Profilbild. Dieses Foto im Badezimmerspiegel, das recht spontan und natürlich wirkt, nicht zu gut rasiert, nicht zu gut frisiert, aber auch nicht zu wenig, gerade richtig ... nun ja, und im Eck des Spiegelschranks steht eine Flasche ... *Eau Sauvage* von Christian Dior.«

»Und?«

»Das hat mein Vater auch verwendet.«

»Was ist mit deinem Vater?«

»Der ist nicht mehr da. So wie alle Scheißkerle in meinem Leben.«

»Wo ist er hin?«, fragt David.

»Eine der interessantesten Fragen der Existenz«, antwortet Corinna. »Woher kommen wir, wohin gehen wir, machst du mir noch einen Espresso?«

David weiß, dass sie ihm auf die Frage nach ihrem Vater keine Antwort geben wird. Jedenfalls nicht jetzt. Also seufzt er nur und sagt: »Klar, Corinna. Ich braue dir noch einen Espresso. Und was machen wir dann?«

Corinna zuckt die Schultern. »Dann warten wir, dass der letzte Tag vergeht.«

Tag 14/1:
Ende

Auf dem Kalender prangt die Zahl 14, dick unterstrichen, mit Ausrufezeichen. Gemeinsam die Fenster zu reinigen, das haben Corinna und David für den letzten Tag vereinbart, und am Vorabend bei der letzten Flasche Wein gleich die Interpretation dazu herbeifantasiert: Der Blick in die Welt würde durch das Putzen wieder frei werden. Beim Philosophieren waren die beiden ganz gut, beim Fensterputzen sind sie es bislang weniger, zumal David im Badezimmer eine schlimme Entdeckung gemacht hat.

»Das Desinfektionsmittel ist aus!«, sagt er mit einem gewissen Entsetzen in der Stimme.

»Ich habe das Klo geputzt«, entgegnet Corinna.

»Du hast das Klo mit Desinfektionsmittel geputzt?« Jetzt ist David wirklich erschüttert.

»Warum nicht?«

»Weil man das mit Kloputzmittel putzt! Corinna!!«

David sieht die leere Flasche in seiner Hand an. Er wirft sie auf den Boden neben das Sofa. Ein Versuch, ob er auch unordentlich sein kann. Er sieht Corinna provozierend an, die sein Manöver durchschaut und lächelt.

»Und? Fühlt sich gut an, nicht?«

»Ja!«, antwortet David. »Aber Desinfektionsmittel ist ein Heiligtum! Etwas Rares, Seltenes. Desinfektionsmittel, das ist wie … Austern … Trüffel … Champagner!«

Er geht zurück ins Badezimmer, kommt mit dem Scheiben-reiniger zurück und besprüht beide Fensterseiten der Balkon-tür.

»Meine Mutter hat den Champagner schon gekühlt«, sagt Corinna, während sie zu wischen beginnt. »Nun ja, Sekt natür-lich. Aber egal ... sie freut sich schon riesig. Und ich erst! End-lich wieder raus! Menschen mit Mundschutz ansehen! Ins Grüne! In die Sonne! Tampons kaufen!«

»Alles ist grün geworden in den letzten Tagen«, bestätigt David.

»Du könntest mit Mercedes spazieren gehen«, schlägt Corinna vor.

»Oh ja, meinst du?«

»Ich würde dir das raten«, sagt Corinna. »Das erste Date im Freien machen, an der frischen Luft, mit Bewegung. Das wird dir ein wenig die Nervosität nehmen.«

David sieht an der Fensterscheibe vorbei Corinna mit ehrli-cher Sorge an und fragt: »Wie werde ich das bloß schaffen ohne dich?«

»Ganz einfach, David. Du denkst an deine kleine Corinna, und schon wird alles ganz einfach im Leben.«

David lacht, wirkt aber nachdenklich, als er sagt: »Das klingt jetzt irgendwie blöd ... Aber diese Quarantäne ... Es war auf jeden Fall spannend, dich kennenzulernen.

»Spannend?«, fragt Corinna. »Du meinst wohl anspan-nend!«

David öffnet das Fenster und besprüht beide Seiten mit Rei-nigungsmittel. Corinna poliert ihre Seite und er seine, wäh-rend er zu einem kleinen Monolog ausholt: »Siehst du, genau das meine ich. Du hast immer eine schnelle Antwort. Sowas ... sowas würde mir nach Tagen nicht einfallen! Du bist witzig,

Corinna, wirklich, du hast eine unglaubliche Leichtigkeit, aber auch so eine … Schwere. Und du zelebrierst ein Geheimnis um dich. Ich habe es in vierzehn Tagen nicht geschafft, dich kennenzulernen, oder du hast es geschafft, nichts von dir preiszugeben, obwohl du es warst, die mir gesagt hat, man muss die Hosen runterlassen! Weil du von allem, was du sagst, irgendwann auch wieder das Gegenteil sagst. Du hast es außerdem geschafft, dass ich es ausgehalten habe, mit jemandem vierzehn Tage lang auf engstem Raum zusammenzuleben, und du hast es sogar geschafft, dass ich gespürt habe, wie schön es sein kann, nicht allein zu sein. Und deshalb möchte ich sagen dürfen, ohne dass du mir widersprichst, dass es eine anstrengende, aber spannende Zeit war, weil du ein interessanter, liebenswerter Mensch bist! Und jetzt bin ich neugierig auf deinen Themenwechsel, weil immer, wenn ich etwas Ernsthaftes gesagt oder gefragt habe, hast du danach das Thema gewechselt!«

Corinna lässt ihren Putzlappen fallen, geht auf Davids Seite des Fensters, nimmt seinen Kopf in die Hand und drückt ihren Mund auf seinen. Sie schließt die Augen, spürt seine Lippen, öffnet ihre langsam, ganz behutsam, und sie bemerkt, dass er seine Lippen ebenfalls öffnet. Sie hört, wie sein Putzlappen auf den Boden fällt, und dann umarmt er sie, und sie küssen sich.

Jetzt ein Kuss, ziemlich blöd, denkt Corinna, aber sie sehen einander ohnehin nie wieder. Corinna hängt ein »Wahrscheinlich« an den imaginären Schlussstrich … Und dann fällt sie regelrecht in diesen Kuss hinein. Wie viel Zärtlichkeit und Leidenschaft in David steckt!

Sie sehen einander verwundert in die Augen. Ihre Lippen lösen sich voneinander. Jetzt nichts sagen, denkt Corinna, und um es zu verhindern, beginnt sie gleich wieder mit David zu schmusen, sie liebt dieses Wort, sprich es aus, denk es nur, schmusen, es sagt alles, es ist alles!

Und doch wird Corinna in genau diesem Augenblick schmerzlich klar, dass das nicht mehr ist als ein langer, intensiver, wunderbarer Abschiedskuss. Denn eines hat sie in diesen zwei Wochen vielleicht tatsächlich gelernt: Sie könnte sich zwar so richtig in David verlieben, aber sie wird es nicht zulassen. Sie denkt an Stendhal, den haben sie in der Schule durchgenommen, *Über die Liebe* heißt das Werk, und darin beschreibt der Autor, dass die Liebe wie ein Fieber über einen kommt, man kann sie also nicht verhindern, andererseits: Bevor es so weit kommt, ist es immer noch eine Frage des Entschlusses, ob man sich verlieben will oder nicht. Und Corinna ist sich ganz sicher, dass sie es nicht will, weil sie es satthat, sich ständig selbst zu verletzen. Wenn er eine andere liebt, dann muss sie das akzeptieren und sich ganz einfach nur gegen die Selbstverletzung entscheiden. Ganz einfach ist gut, immerhin hat sie viele Jahre lang gebraucht, um zu erkennen, dass sie immer nach demselben Muster funktioniert: Sie hat schon in der Schule *Jungs rangelassen*, um Aufmerksamkeit zu bekommen. Sie hat sich vor Dates mindestens zehnmal umgezogen, um schön *für ihn* zu sein, was an ihrem inneren Mantra *Ich genüge nicht* genau gar nichts geändert hat. Sie hat sich *miese Köchin* und *Dummerchen* schimpfen lassen, sie hat stundenlang in Restaurants gewartet, sie war stets bereit für Sex, wollte aber umgekehrt *nicht aufdringlich* sein, wollte einfach nur dazugehören und wurde verleugnet, vergessen, weggeworfen.

Schmusen, David, schmusen! Ich hab' dir was beigebracht, etwas gar nicht so Unwichtiges, nämlich ehrlich zu sein. Und ich hab' auch was gelernt, ja, und zwar, dass es jetzt vorbei ist. Vergangenheit.

Ebenso langsam und behutsam, wie sie begonnen hat, löst sich Corinna wieder von David.

David sieht sie an, lächelt verzaubert. Hab' ich etwas verpasst?, fragt er sich. Er darf jetzt nichts Kitschiges sagen, denn sie wird das auch nicht tun. Und doch, als sie nun einander in die Augen sehen, etwas verunsichert oder verwirrt, steigt in beiden eine merkwürdige Wehmut auf … Oh ja, es hätte eine große Liebe werden können, wenn nicht … ja, was eigentlich?

»Gar nicht übel«, sagt David.

Corinna lächelt. »Mit diesen empathischen, wenn nicht gar pathetischen Schlussworten können wir uns ja bestens trennen!«

Sie wischt noch ein paar Flecken von der Fensterscheibe, holt etwas aus der Küche und sagt: »Ich hab' das Abschiedsgeschenk für dich fertig.« Sie setzt ihm die von ihr in heimlicher Kleinarbeit aus den Resten seines T-Shirts genähte Schutzmaske auf. Das Herz von »I love Paris« ist genau auf seinem Mund. Sie nimmt ihr Handy, stellt sich neben David und macht ein Selfie.

»Das erfolgloseste Tinder-Paar der Corona-Zeit: David19 und Corinna«, ruft Corinna aus.

»Das interessanteste Tinder-Paar der Corona-Zeit: Corinna und David19«, sagt David.

Corinna hält inne. Kann es nicht fassen: »Moment mal«, sagt sie, »Co-rinna und *Da-vid19*. Ist ja unfassbar! *Co*-rinna und Da-*vid19*! Kombinier' das mal, was kommt raus?«

»Darinna!«, sagt David.

Tag 14/2:
Anfang

Es ist früher Nachmittag. Kein Mensch hat David und Corinna gesagt, wann genau ihre Quarantäne enden würde, denn Erlässe und Verordnungen sind eine Sache, deren Durchführung eine andere. Sicherheitshalber haben sie beschlossen, auch nicht nachzufragen, wer weiß, was denen sonst noch alles einfallen würde. Eines ist gewiss: Sie sind nicht krank geworden, und beide würden so schnell wie möglich einen Test machen, um sicherzugehen, dass sie nicht symptomlos positiv sind.

Corinna hat ihre Siebensachen zusammengepackt, Tabak, Papers, Feuerzeug, Tasche, Handy, Ladekabel, viel mehr ist es ja nicht. Sie stellt sich zur Tür.

»Also dann …«, sagt sie.

David kommt zu ihr, nimmt ihre Hände und sagt: »Ich bin traurig und glücklich zugleich.«

»Wenn ich bei der Tür draußen bin, wirst du nur noch glücklich sein«, gibt Corinna zurück.

»Das glaube ich nicht.«

»Und viel Glück mit deiner Kollegin.«

»Ach Corinna …«

»Im Ernst, David, ich wünsche euch viel Glück.«

Sie will gerade gehen, als Davids Telefon läutet. Er deutet ihr, kurz zu warten, und nimmt den Anruf an.

»Ja halloooo! Mercedes!«

Corinna winkt, doch David, der zunehmend fassungslos

zugehört hat, deutet ihr, sie solle bleiben. »Was?«, stammelt er in sein Handy. »Nein … gibt es nicht … Alle? Ganz offiziell? Ich meine, das bekommen wir Schwarz auf Weiß oder was … Okay … ja dann … ich weiß auch nicht. Okay …«

Mercedes hat aufgelegt. David sieht Corinna schockiert an.

»Was denn?«, fragt Corinna beunruhigt. »Wie siehst du denn drein?«

»Der Tangotänzer …«, haucht David.

»Welcher Tangotänzer?«, fragt Corinna.

»Der Ex von Mercedes. Von dem sie sich vor ein paar Tagen getrennt hat.«

»Oh Scheiße«, sagt Corinna und verzieht den Mund, »sie sind wieder zusammen. Oder sie haben sich nie wirklich getrennt. Oh David, das tut mir leid. Echt jetzt, das tut mir leid …«

»Sie sind getrennt«, sagt David ausdruckslos.

»Na, dann ist ja alles gut. Also dann …« Corinna wendet sich abermals zum Gehen.

»Aber der Tangotänzer«, flüstert David, »hat Mercedes angesteckt. Sie hat leichte Symptome … Ihr Test … war positiv … und …«

»Oh«, gibt Corinna von sich, und die Gedanken in ihrem Kopf beginnen sich zu überschlagen. David sieht es an ihrem Blick und erklärt: »Alle, die mit ihr …«

»Oh nein …«, stöhnt Corinna.

»… in Kontakt waren …«, fährt David fort.

»Na toll, mein Küsserkönig«, sagt Corinna, kommt in die Wohnung und lässt sich aufs Sofa fallen.

»Das gibt's doch nicht«, stammelt David und setzt sich daneben. »Sie hat mich … und dann haben wir … Bereust du es?«

»Was?«, fragt Corinna.

»Dass wir uns geküsst haben«, antwortet David.

152

Was, wenn sie jetzt wirklich krank werden? Was, wenn einer von ihnen ins Krankenhaus muss? Seltsam, denkt Corinna, dass diese Möglichkeiten jetzt so gar keine Rolle spielen. Schwerer wiegt die Vorstellung, jetzt noch einmal … auf so engem Raum … und wer wird einkaufen? Aber bereut sie den Abschiedskuss? Nein, keine Sekunde lang, denkt Corinna. Aber das muss sie David nicht ohne Not verraten.

»Vierzehn Tage?«, fragt Corinna.

»Vierzehn Tage«, bestätigt David. »Den Bescheid werden wir noch heute bekommen.«

Sie sehen einander an, zunächst fassungslos. Dann muss Corinna grinsen, David tut es ihr gleich, er beginnt zu lachen, Corinna ebenso, doch in das Lachen mischen sich Tränen, vierzehn weitere Tage, es ist einfach unfassbar. David steht auf, bringt Taschentücher, und als sie sich halbwegs erholt haben, fragt er: »Und? Was machen wir jetzt?«

»Ganz einfach«, antwortet Corinna. »Wir haben nur eine Chance. Wir fangen von vorne an. Wir kennen einander nicht, ich bin noch nicht da … Was hast du gemacht in der Wohnung? Spiel es nach!«

»Okay«, sagt David und nimmt seinen Auraspray vom Regal, während Corinna ins Vorzimmer geht. »Also wenn ich damals gewusst hätte, dass mein Auraspray nichts, aber auch gar nichts gegen die Geister auszurichten vermag, die in nächster Zeit meine Wohnung und mein Leben heimsuchen würden: Ich hätte mir die Prozedur erspart.«

»Pfff, pfff« macht es beim Sprühen, einmal über das Sofa, einmal über die Essecke, einmal im Schlafzimmer und einmal rund um ihn selbst, das kann nicht schaden, »pfff, pfff«.

»Und wenn ich gewusst hätte, dass ich bald Zeit, unermesslich viel Zeit haben würde: Ich hätte mich nicht so beeilt«, sagt Corinna aus dem Vorzimmer. »Aber ich habe schon seit einigen Monaten gegen dieses notorische Zuspätkommen angekämpft, vielleicht, weil ich zunehmend das Gefühl habe, insgesamt eine Zuspätkommende zu werden. Im Leben. Und dann hab' ich an der Tür geläutet.« Corinna macht das Klingelgeräusch nach.

»Interessant«, sagt David, »jetzt kommt sie doch noch, hab' ich mir gedacht und die Wohnungstür geöffnet. Und du bist wie ein Wirbelwind herein und geradewegs an mir vorbeigelaufen, als hättest du vor, eine Hausdurchsuchung zu machen.«

Corinna spielt nach, wie sie die Wohnung gestürmt hat.

»Hier riecht es seltsam«, sagt sie.

»Hallo«, sagt David.

»Nach alten Leuten.«

»Danke. Aber bei meinem Alter habe ich nicht geschummelt.«

»Ach ja? Und bei was hast du schon geschummelt?«

»Ich habe gar nicht geschummelt!« David weiß nicht, wie es innerhalb von Sekunden passieren konnte, dass er das Gefühl hat, sich rechtfertigen zu müssen.

»Stopp!«, ruft er Corinna entgegen. »Ich habe schon wieder das Gefühl, mich rechtfertigen zu müssen. Wir können das nicht alles nachspielen!«

»Dann musst du das Drehbuch ändern!«

»Dann sag ich dir jetzt gleich, was ich mir gedacht habe: Deine Haare sind so schön und wild wie auf deinem Profilbild.«

Er geht zu Corinna, nimmt ihren Kopf in seine Hände, wühlt sanft in ihrem Haar. Corinna sieht ihn an und flüstert: »Und ich hab' mir gedacht, der Typ hat die schönsten Hände, die ich je bei einem Mann gesehen habe, und Klavier spielen können sie auch noch.«

Sie sehen einander lange in die Augen, und die vergangenen vierzehn Tage ziehen als Bilder und Gefühle durch ihre Köpfe und Herzen.

»Ach Corinna«, sagt David.

»Ach David«, sagt Corinna.

Begonnen während der Ausgangsbeschränkung März/April 2020.

Ich danke meinem Sohn Jakob für den Anstoß, diese Geschichte zu schreiben, meiner Tochter Hannah für die inspirierende Grundidee und meiner Gefährtin Sonja für ihre Liebe.

Inhalt